U0641030

本书为吉林大学哲学社会科学研究"科学前沿与交叉学科创新"项目
《贾岛与佛禅关系研究》资助成果

贾岛诗歌研究

宝怀隽　著

吉林大学出版社

·长春·

图书在版编目（CIP）数据

贾岛诗歌研究 / 宝怀隽著. -- 长春：吉林大学出版社，2022.8

ISBN 978-7-5768-0184-2

Ⅰ.①贾… Ⅱ.①宝… Ⅲ.①贾岛（779-843）—唐诗—诗歌研究 Ⅳ.① I207.227.42

中国版本图书馆 CIP 数据核字（2022）第 140587 号

书　　　名：贾岛诗歌研究

JIA DAO SHIGE YANJIU

作　　　者：宝怀隽　著
策划编辑：朱　进
责任编辑：曲天真
责任校对：周春梅
装帧设计：王　强
出版发行：吉林大学出版社
社　　　址：长春市人民大街 4059 号
邮政编码：130021
发行电话：0431-89580028/29/21
网　　　址：http://www.jlup.com.cn
电子邮箱：jdcbs@jlu.edu.cn
印　　　刷：三河市龙大印装有限公司
开　　　本：787mm×1092mm　　1/16
印　　　张：9
字　　　数：150 千字
版　　　次：2022 年 8 月第 1 版
印　　　次：2022 年 8 月第 1 次
书　　　号：ISBN 978-7-5768-0184-2
定　　　价：42.00 元

版权所有　翻印必究

摘　要

　　贾岛（779-843），字浪仙，生于唐代宗大历十四年，一生历经代宗、德宗、顺宗、宪宗、穆宗、敬宗、文宗、武宗八朝，正是唐朝在安史之乱后走向衰落的时期。贾岛早年出家，后由韩愈所劝还俗应试，却屡屡失败，终生不第。

　　贾岛作为中唐时期的著名诗人，以其个性鲜明的五言律诗的创作闻名于中晚唐的诗坛，对后代诗人的创作也有一定的影响。但是历来的诗歌研究中，学界对贾岛的重视和研究程度都不够，主要的看法是其诗歌内容贫弱、境界窄小，多写僻涩琐细的意象。进入二十世纪以后，学界对贾岛的研究渐多，开始正视这位诗人的创作特性以及对诗坛的贡献及影响，但仍不够全面。二十一世纪以来，贾岛研究渐成热点，研究者从各个角度研究贾岛的生平经历、思想内涵、诗歌的艺术特色等等，使得贾岛其人其诗的面貌逐渐完整，但是还有很多可以探讨的问题，贾岛研究仍有可探索的空间。本文尝试对贾岛的作品进行全面的考察，从各角度深入地研究其作品的内容、艺术特色和艺术风格，充分认识诗人的思想、艺术成就。

　　贾岛终生不第、生活穷困潦倒，因此作品中多有哀怨愁苦的情绪，诗歌格局确为不大。这种特色既有个人原因，也与唐代复杂的时代背景有关。他的思想中既有因早年出家而习得的佛家思想，也有儒家经学济世的影响，所以作品在悲叹个人苦痛的同时，仍有胸怀天下的济世之音。而在诗歌艺术上，贾岛深受前代和同时代诗人的影响，自成具有独特个性的诗歌特色，在五律方面独成一家，其他诗歌体式也别具特色。

全文共分六章。第一章梳理贾岛的生平经历以及所处时代的情况,为全面了解诗人提供考察的背景。第二章归纳贾岛诗歌的内容,在反映社会现实、个人穷困的生活、与友人的友情、个人复杂的心路历程四个方面加以说明。第三章讨论贾岛诗歌的艺术风格,分为奇僻、清新、平淡三个方面加以论述。第四章在情景交融、音律、对仗等三个方面研究贾岛律诗的艺术特色。第五章分别讨论贾岛五古和绝句的艺术特色。第六章分析佛教对贾岛诗歌的影响。

Abstract

Jia Dao (779-843)，the word Lang Xian，born in the Tang Dynasty poetry for fourteen years，after life，Dai Zong，Lutheranism，Shun，Emperor muzong，Wen，Takemune Yasa，Jing Zong，the Tang Dynasty，it was after An Shi rebellion decline period. Jia Dao early monk，by Han Yu advised to test，but often fail，never part.

Jia Dao is a famous poet in the middle Tang Dynasty，famous in the middle and late Tang Dynasty with the individuality of poem creation of poetry，the poet's creation of offspring also have certain effect. But the study of poetry history，Jia Dao research and attention degree is not enough，the main idea is the content of his poetry，weak state narrow，write more obscure trivial image. After entering twentieth Century，the academic research on Jia Dao's creation characteristics gradually，begin to address the poet and poetry of the contribution and influence，but still not comprehensive enough. Since twenty-first Century，Jia Dao has been the focus of researchers，Jia Dao from every point of life experience，ideological content，artistic features of poetry and so on，so that Jia Dao and his poems appearance gradually complete，but there are still many problems to be discussed，Jia Dao still has the space to be explored. This paper attempts to conduct a comprehensive study on Jia Dao's works，in-depth research on his works from the perspective of content, artistic characteristics and artistic style, fully understand the poet's thoughts, artistic achievement and the impact on future generations.

Jia Dao failed in life, fall on evil days, it works much grief sorrow emotion, poetry is not the pattern. This feature is for personal reasons, but also with the complex background of. His thought is due to the early acquisition of monks and Buddhist thoughts, also embodies the Confucian influence, so the work lamenting the personal pain at the same time, there are still people mind the world. And in the art of poetry, the poet Jia Dao and the influence by the previous generation at the same time, from the unique character of the poetry characteristics, in five aspects into a single family, the other is the unique style of poetry.

The full text is divided into six chapters. The first chapter of Jia Dao's life experience and the times, for a comprehensive understanding of the poet with the background. The second chapter summarizes the contents of Jia Dao's poems, illustrated in four aspects of history, reflects the social reality of life, friends and personal friendship, poor personal complex. The third chapter discusses the artistic style of Jia Dao's poetry, divided into four aspects, discusses the way clear, thin, flat. Study of Jia Dao poetry in the fourth chapter, three aspects of feeling, rhythm, antithesis, artistic characteristics. The fifth chapter discusses the artistic features of ancient poems and Jia Dao. The sixth chapter summarizes the influence of Buddhism and zen to Jia Dao's poetry.

目　录

绪　论

　　贾岛是中晚唐之交的著名诗人，以其独特的诗歌风格和艺术风貌对后世文人产生深远影响。历代学者对他的评价散见于各种诗话和评注当中。二十世纪以来，学界对贾岛的研究逐渐重视，尤其在八十年代以后，贾岛研究渐成唐诗研究中的热点，目前已经取得了丰硕的成果。

一、贾岛诗歌研究现状

（一）诗集版本考证和整理

　　在贾岛诗集版本考证方面，主要有万曼《唐集叙录·长江集》①、齐文榜《长江集版本源流考述》②和蔡心妍《长江集版本源流》③三篇论文。万曼《唐集叙录·长江集》首次进行了对《长江集》版本的考述。贾岛去世后编辑其诗的有许彬与无可二人，但无可所编诗集未见著录。常见版本为宋人著录的十卷本，明代有七卷刻本，清代《四库全书》与《四库丛刊》所录皆为十卷本，依宋人旧貌。此文的研究虽有开拓之功，但考述稍显粗略，在刊本的收录上也有遗漏。齐文榜《长江集版本源流考述》全面系统地整理了《长江集》的编

---

① 万曼《唐集叙录》，中华书局，1982。
② 齐文榜《长江集版本源流考述》，《文献》，1999 年 1 期。
③ 蔡心妍《长江集版本源流》，《广西师范大学学报》（社科版），2000 年 1 期。

纂以及版本的源流问题,基本理清了唐宋明清各代版本的传承情况。蔡心妍的论文在前人的研究基础上提出了自己的若干新见,并对齐文有所补正。

在贾岛诗集的整理方面,有李嘉言《长江集新校》①、陈延杰《贾岛诗注》②、齐文榜《贾岛集校注》③和黄鹏《贾岛诗集笺注》④等著作。《长江集新校》以《全唐诗》为底本,分卷则按照《畿辅丛书》之《长江集》分为十卷。在作品的整理上,对一些存疑的作品进行了考定,将不能确定的置于附集。同时书后还附录了贾岛年谱、关于贾岛年谱的讨论、贾岛年谱外记、贾岛交友考、贾岛诗之渊源以及贾岛诗歌的影响等研究成果。在陈延杰《贾岛诗注》之前,贾岛诗歌没有注本流传,因此陈延杰的注本为最早可见的注本,惜乎内容过于简略。齐文榜的《贾岛集校注》详细梳理了贾岛版本渊源,以毛抄本为底本,以黄校本改动正文,旨在得到一个准书棚本,以此为工作本,校以奉新本、丛刊本、汲古阁本、张抄本等诸集参校,汇录异文,择善而从,为目前考定最为精细完善的整理本。黄鹏《贾岛诗集笺注》相比陈注,在疏释名物时,又对其诗格加以解析,时而加上主观评价,内容更为全面充实,可知贾岛其性情及格调。而且有感于贾岛《年谱》的粗略,对李嘉言《年谱》分析订正,又作《贾岛年谱》附于书后,同时还将贾岛的传记资料、岛集里笔记的相关叙录、岛诗评辑等一并附上,笺注翔实,资料也十分丰富。

(二)生平事迹的考证

关于贾岛的生平事迹,正史中的记载并不周详,这跟贾岛仕途坎坷、职位低微有很大关系,因此贾岛生平事迹中有很多不确定的问题,给研究者带来很大困扰。目前为止,有吴汝煜的《李嘉言贾岛年谱补订》⑤、郭文镐的《姚合佐魏博幕及贾岛东游魏博考》⑥、房日晰的《贾岛考证二则》⑦、杜景华的

---

① 李嘉言《长江集新校》,上海古籍出版社,1983。
② 陈延杰《贾岛诗注》,商务印书馆,1937。
③ 齐文榜《贾岛集校注》,人民文学出版社,2001。
④ 黄鹏《贾岛诗集笺注》,巴蜀书社,2002。
⑤ 吴汝煜《李嘉言贾岛年谱补订》,《辽宁广播电视大学学报》,1987 年 3 期。
⑥ 郭文镐《姚合佐魏博幕及贾岛东游魏博考》,《江海学刊》,1987 年 4 期。
⑦ 房日晰《贾岛考证二则》,《文学遗产》,1992 年 6 期。

《贾岛生平故里丛考》①、姚诚的《贾岛在四川的活动与遗迹》②、萧熠的《贾岛籍贯在何处》③、阎慰鹏的《关于贾岛的归葬问题》④、周香洪的《贾岛墓小考》⑤、杨亦武的《贾岛原籍考》⑥、刘开扬《论贾岛和他的诗》⑦、罗琴、胡问涛的《贾岛的籍贯、墓地考》⑧、尹占华的《唐诗人考辨五则》⑨、赵目珍的《贾岛寓居青龙寺法乾寺考》⑩等文章，讨论贾岛的籍贯、活动、墓地等问题。经过众多学者的研究，基本可以认定，贾岛的墓地应当在普州，但并未归葬，而其他各地的墓地，如北京房山、四川遂溪为后人纪念贾岛所建。而贾岛的籍贯、活动等也已经明晰确定。

关于"推敲"诗案也是学者关注的论题，有秦克成《推敲诗的推敲》⑪、燕齐《从贾岛时时引手作推敲之势谈起》⑫、金循华《推敲故事真伪考》⑬、石帆《推敲本事杂谈》⑭、陈述爵《贾岛"冲节"真伪辨》⑮、静永健、刘维治《贾岛"推敲"考》⑯、高明锋、王诗瑶《试析贾岛"推敲"一事真伪及缘由》⑰等众多文章。贾岛"推敲"的故事，从晚唐开始就有两种版本流传，其情节甚至被正

①杜景华《贾岛生平故里丛考》，《学术交流》，2000 年 5 期。
②姚诚《贾岛在四川的活动与遗迹》，《南充师院学报》，1982 年 1 期。
③萧熠《贾岛籍贯在何处》，《北京晚报》，1981 年 5 月 5 日。
④阎慰鹏《关于贾岛的归葬问题》，《文献》，1983 年 15 期。
⑤周香洪《贾岛墓小考》，《四川文物》，1988 年 1 期。
⑥杨亦武《贾岛原籍考》，《燕都》，1991 年 2 期。
⑦刘开扬《论贾岛和他的诗》，见《唐诗的风采》，上海书店出版社，2000。
⑧罗琴、胡问涛《贾岛的籍贯、墓地考》，《西南民族学院学报》（哲学社会科学版），2002 年 8 期。
⑨尹占华《唐诗人考辨五则》，《中国典籍与文化》，2004 年 2 期。
⑩赵目珍《贾岛寓居青龙寺法乾寺考》，《文学教育》，2010 年 5 期。
⑪秦克成《推敲诗的推敲》，《语文教学通讯》，1981 年第 12 期。
⑫燕齐《从贾岛时时引手作推敲之势谈起》，《昭乌达蒙族师专学报》，1985 年 7 期。
⑬金循华《推敲故事真伪考》，《文学遗产》，1987 年 10 期。
⑭石帆《推敲本事杂谈》，《文学遗产》，1987 年 12 期。
⑮陈述爵《贾岛"冲节"真伪辨》，《文史杂志》，2002 年 6 期。
⑯静永健、刘维治《贾岛"推敲"考》，《南阳师范学院学报》，2010 年 1 期。
⑰高明锋、王诗瑶《试析贾岛"推敲"一事真伪及缘由》，《吉林师范大学学报》（人文社会科学版），2014 年 5 期。

史采纳。但是从事件发生的时间、贾岛的交游关系以及文献记录等角度，经过学者们的考察得出结论，"推敲"实为后人的杜撰，骑驴冲撞京兆尹的事或可存在，但若具体落实到刘栖楚之上则显牵强。流言形成及流传的原因是多方面的，既与贾岛自身狷狂怪僻的性格及苦吟诗风有关，也受到唐朝科举制度、干谒之风和书写传奇之风流行等社会因素的影响。

另外还有关于贾岛生平事迹中某些关键细节的考证，如张清华《贾岛诗地名"石楼"考辨——兼辨韩愈、贾岛交往》①、白爱平《贾岛为僧及还俗时间地点考》②、张震英《贾岛坐飞谤责授事迹考辨》③等文章。

（三）诗歌艺术研究

诗歌的渊源和影响。在贾岛的诗歌渊源和对后世影响的探讨上，有刘开扬《论贾岛的师承和影响》④、贺秀明《略论贾岛对后世的影响及原因》⑤、黄鹏《贾岛诗的渊源和影响》⑥、李小荣《贾岛对"咸通十哲"影响之探讨》⑦等文。刘开扬指出贾岛诗歌有着广泛的师承，最早可上溯到陶潜，盛唐的李白、杜甫，中唐的韩愈、孟郊、张籍、王建、刘叉等人从不同方面均影响到了贾岛的诗风。黄文认为贾岛主要师承张籍和孟郊，另外，王孟、杜甫和王昌龄等人也对贾岛诗歌有一定的影响。

诗歌的地位。胡中行《略论贾岛在唐诗中的地位》⑧为较早的评价贾岛地位和诗歌成就的文章。文章论述了贾岛与韩孟的关系，然后通过对元和诗坛的基本状况作出分析后，指出在元和长庆年间"在白、韩两大势力之间，贾岛是以第三种力量出现的"，凸显出贾岛在中唐的重要地位。作者还全面评

---

①张清华《贾岛诗地名"石楼"考辨——兼辨韩愈、贾岛交往》，《唐代文学研究（第十一辑）——中国唐代文学学会第十二届年会暨国际学术研讨会论文集》，中国唐代文学学会、华南师范大学，2004 年 7 期。

②白爱平《贾岛为僧及还俗时间地点考》，《唐都学刊》，2006 年 3 期。

③张震英《贾岛坐飞谤责授事迹考辨》，《学术论坛》，2008 年 5 期。

④刘开扬《论贾岛的师承和影响》，见《唐诗的风采》，上海书店出版社 2000 年版。

⑤贺秀明《略论贾岛对后世的影响及原因》，《厦门大学学报》，1996 年第 3 期。

⑥黄鹏《贾岛诗的渊源和影响》，《四川师院学报》，1997 年第 3 期。

⑦李小荣《贾岛对"咸通十哲"影响之探讨》，《淮阴师范学院学报》，1997 年第 4 期。

⑧胡中行《略论贾岛在唐诗中的地位》，《复旦学报》，1983 年第 3 期。

价了贾岛在诗史中的地位和对后世的深远影响，并初步分析了诗歌的风格及
"苦吟"等问题。

　　五律的艺术研究。贾岛诗歌以五律见长，历来都受到诗家的重视，在贾
岛诗歌研究中，对其五律艺术的研究是重要内容。姜光斗《论贾岛五律诗》①
认为，贾岛的五律，刻意创新，独具个性，无论在中晚唐之交的诗坛上，还是
在整个唐诗发展的历史上，都应占有一定的地位。他总结了贾岛五律刻意创
新、独具个性的六方面表现，分别体现在诗的表现手法和语言、意象、意境和
韵味、骨力和风貌、音律和句法、审美意识和创新精神，以及风格特点和对文
学史的贡献上。他还在闻一多观点的基础上，补充说明了贾岛专攻五律的三
点原因。此文比较全面地总结了贾岛五律艺术上的特色及表现。研究五律的
文章还有张文利《贾岛五律艺术特色探析》②、《贾岛诗选择物象的特点》③、
祁晓明《寒荒中的热烈，苍白中的绚丽——贾岛诗歌的艺术特色》④、王丽敏
《贾岛诗歌意象意蕴初探》⑤、蒋寅《贾岛与中晚唐诗歌的意象化进程》⑥。《贾
岛五律艺术特色探析》通过对贾岛诗作的具体分析总结出其五律创作的特
点：文势开合起伏，既有感受的转换，又有时空的俯仰；对仗工稳，不主故常，
自然有致；句势不拘一格，灵活多变。《贾岛诗选择物象的特点》一文通过对
《长江集》出现频率较高的物象如蝉、鹤、鸿的分析，进而指出除了闻一多先
生所讲的"释子生涯"以外，悲剧的时代和凄凉的身世也是贾岛较多地选择
凄冷、枯寂物象的原因。同时张文指出作家的审美倾向和作家气质的差别也
影响着对物象的选择和处理。张文感受细腻、分析入微，对贾岛五律特色的
把握也很到位。《贾岛诗歌意象意蕴初探》将贾岛的诗歌意象归纳为禅意象
和苦意象，禅意象之下还分别有静意象、虚意象和净意象，苦意象之下还有

---

①姜光斗《论贾岛五律诗》，《南通师范学院学报》（哲学社会科学版），1999 年 6 期。
②张文利《贾岛五律艺术特色探析》，《唐都学刊》，1999 年 10 期。
③张文利《贾岛诗选择物象的特点》，《西北大学学报》（哲学社会学版），2001 年 1 期。
④祁晓明《寒荒中的热烈，苍白中的绚丽——贾岛诗歌的艺术特色》，《古典文学知识》，1999
年 6 期。
⑤王丽敏《贾岛诗歌意象意蕴初探》，《昌吉学院学报》，2004 年 2 期。
⑥蒋寅《贾岛与中晚唐诗歌的意象化进程》，《文学遗产》，2008 年 5 期。

寒意象和贫意象,作者分别阐释了各种意象的表现,还分析了形成这两种意象的原因。作者认为,贾岛诗中的这两种意象表现,原因有二,即纷乱变化的社会环境以及贾岛复杂曲折的个人经历。蒋寅《贾岛与中晚唐诗歌的意象化进程》中认为,贾岛是在提高五律的意象化程度上有突出贡献的一位诗人,他有意识地强化了大历以来的意象化倾向,无形中使意象化抒情方式的成熟和定型加快了速度。这可以说是贾岛在风格范型"岛瘦"之外的另一种典范性,也是其五律创作的诗史意义所在。上述三篇论文在贾岛诗歌意象方面的特点及诗史意义进行了探讨,将贾岛五律研究更进一步引向深入。

诗歌风格研究。贾岛的诗歌既受前代诗人的影响,也有同时期韩孟张王的痕迹,他自己也精研苦吟,最终形成独具魅力的贾岛格。贾岛诗歌的风格有多样化的特点,关于这一问题,黄鹏《言归文字外,意出有无间》[1]做了全面阐述。他指出,贾岛诗歌创作上主要在用意深刻和用语自然两方面下功夫。在用意深刻方面,贾岛以意为诗,追攀王维、杜甫;在用语自然方面,他在五言律诗上用功甚勤,为了追求五律的自然并富于变化,在句子的开合、流动、属对及句式等方面用心极苦,为晚唐诗人及江西诗人留下了不少用语上的范例。郭春林《从怪变至平淡——贾岛诗风变迁的诗史意义》[2]认为贾岛的诗风因个人遭际的变化而发生了转变。早期贾岛的诗歌明显留有韩孟奇险诗风影响的痕迹,后因建功立业的理想受挫,渐次变得心灰意冷,其诗风由奇险倾向转为清苦奇僻。贾岛诗风的变迁实证了韩愈所倡导的"奸穷怪变得,往往造平澹"的诗歌理论,既反映了他生活遭际的变化,也折射出其诗歌交游对象的变换。这与韩孟诗派的诗歌创新理论及努力方向是一致的。论者以变化的角度考察贾岛诗风的转变,观点比较新颖。其他还有李艺英《浅谈贾岛诗的特色及其成因》[3]、谢旭《谈贾岛诗风及其影响》[4]等论文。

①黄鹏《言归文字外,意出有无间》,《四川师范学院学报》(哲学社会科学版),2000年1期。
②郭春林《从怪变至平淡——贾岛诗风变迁的诗史意义》,《南昌大学学报》(人文社会科学版),2012年3期。
③李艺英《浅谈贾岛诗的特色及其成因》,《中国文学研究》,1992年2期。
④谢旭《谈贾岛诗风及其影响》,《咸阳师范专科学校学报》,2000年10期。

　　关于贾岛诗歌不同的风格，还有分别探讨的论文。涂承日《论贾岛"奇僻"诗风的多元成因》①就历来诗家总结的贾岛"奇""僻"的诗风，专门分析其形成的四方面原因，即元和诗变诗学环境的浸染、释子生涯养成的审美癖好、自身苦寒困顿境遇的影响以及杜甫诗歌作风的传承。潘光勋《贾岛、陈师道瘦硬诗风管窥》②从艺术特色和人格特色两方面探讨贾岛与陈师道共有的瘦硬风格。论者认为瘦硬就是以立意为诗，意在言外，或辞少意丰，而这种变体为宋代江西诗派发扬光大。贾陈瘦硬诗风的形成，与他们的苦吟密不可分，反映出他们视诗歌为自己的生命，以严肃认真的态度进行创作。沈建华《"郊寒岛瘦"辨析》③认为全面考察孟郊和贾岛的诗作，不难发现其诗歌的艺术风格的多样性，并非"寒""瘦"所能概括。对此观点，薛美霞《论"岛瘦"及其成因》④认为重评贾岛是有必要的，但既然"岛瘦"的诗风评价已经形成，自有它形成的道理。文中，论者将"岛瘦"诗风的形成，归结为与诗人清邃冷僻的诗歌艺术境界的追求有关，其表现为感伤之情、清邃之境、冷僻之言等三个方面。以上论文，虽然致力于廓清贾岛瘦硬诗风的表现与成因，但感觉仍未表述到位。另外，还有许外芳《诗运落魄的苦吟者——贾岛诗歌风格新论》⑤、江瑛《贾岛诗歌精约风格论》⑥，对贾岛诗风提出了各自的新观点，有一定的参考价值。

　　苦吟的研究。贾岛以苦吟的态度创作诗歌，使得作品呈现独特的艺术风格，也给后代诗人很大影响，因此对其苦吟的研究也是重要内容。相关的论文有吴淑佃《贾岛诗之艺术世界》⑦、冈田充博《关于贾岛和孟郊的"苦吟"》⑧、

---

①涂承日《论贾岛"奇僻"诗风的多元成因》，《学术交流》，2013年1期。

②潘光勋《贾岛、陈师道瘦硬诗风管窥》，《辽宁广播电视大学学报》，2006年4期。

③沈建华《"郊寒岛瘦"辨析》，《江南大学学报》，2007年6期。

④薛美霞《论"岛瘦"及其成因》，《九州文谈》，2011年3期。

⑤许外芳《诗运落魄的苦吟者——贾岛诗歌风格新论》，《天津社会科学》，2003年1期。

⑥江瑛《贾岛诗歌精约风格论》，《钦州师范高等专科学校学报》，2006年2月。

⑦（中国香港）吴淑佃《贾岛诗之艺术世界》，收录于《唐代文学研究》（第七辑），广西师范大学出版社1998年版。

⑧（日）冈田充博《关于贾岛和孟郊的"苦吟"》，《复旦学报》（社会科学版），1989年4期。

李小荣《亦诗亦禅两艰难——贾岛创作心态简论》①、张春萍《贾岛"苦吟"创作的内涵及渊源解读》②、王醒《贾岛苦吟诗风的形成和特色》③、李英姿《贾岛苦吟诗探微》④、韦依娜《试论贾岛的"苦吟"与创作心态》⑤等。吴淑佃《贾岛诗之艺术世界》认为贾岛在创作中表现的是一个理、事、情兼综的艺术世界，这也使得贾岛成为宋人创作的一个典范。论者将贾岛苦吟的内涵进行了深入的挖掘，使人们对贾岛诗歌的艺术世界有了更为深入细致的理解。李小荣的论文认为，贾岛的人生经历特殊，具有释子、寒士、诗人等多重身份，且对其诗歌创作产生了深远的影响，论者从科举与佛禅的角度探讨其诗歌创作心态的形成与演变，从而揭示其诗境的成因。其他论文也从创作心态与生平经历、社会背景等角度，探讨贾岛苦吟的原因、在诗歌中的表现以及对诗风的影响等。

思想研究。关于贾岛，很多论者都离不开他为僧的经历和脱不去的"僧衲气"。关于贾岛与佛教的关系，重要的论文有王树海、柳东林《"衲子"未得衲子心 欲矫"浮艳"落"苦""僻"——贾岛入出佛门的尘俗遭际及其诗风的成型》⑥和柳东林、王树海《由"禅悦"到"逃禅"——唐代后期诗风的人工气息》⑦。前文探讨了贾岛由僧转俗的身世经历对其"苦""僻""清""瘦"诗风的影响，认为正是转换身份后的种种不适和心灵的困苦造成了贾诗的风格，而且诗人也正以这"苦""僻""清""瘦"诗风来矫正元和诗坛的浮艳之气。后文从唐代佛禅盛行对社会生活的影响入手，以唐前期的王维和唐后期的贾岛、姚合、马戴、李频等人做对比，讨论唐后期诗风中的人工气息。唐前期诗

---

①李小荣《亦诗亦禅两艰难——贾岛创作心态简论》，《贵州师大学报》，1998 年 1 期。

②张春萍《贾岛"苦吟"创作的内涵及渊源解读》，《语文学刊》，2000 年 3 期。

③王醒《贾岛苦吟诗风的形成和特色》，《晋中师专学报》，1990 年 1 期。

④李英姿《贾岛苦吟诗探微》，《辽宁师专学报》，2006 年 1 期。

⑤韦依娜《试论贾岛的"苦吟"与创作心态》，《作家杂志》，2012 年 11 期。

⑥王树海、柳东林《"衲子"未得衲子心 欲矫"浮艳"落"苦""僻"——贾岛入出佛门的尘俗遭际及其诗风的成型》，《吉林大学学报》，2006 年 7 期。

⑦柳东林、王树海《由"禅悦"到"逃禅"——唐代后期诗风的人工气息》，《古籍整理研究学刊》，2009 年 5 期。

人深得禅宗思想深意,诗歌从容淡定,体现"禅悦"诗风,而后期诗人把禅宗思想作为逃离现实的寄托而追求,诗歌有了明显的人工痕迹,形成"逃禅"风气。贾岛的"苦吟"、姚合的"轻巧"等,都呈现一种唐末期的衰飒之气。

与同时期诗人、诗派的比较研究。在姚合贾岛同体研究中,较早的是许可的《贾岛与姚合》①,指出姚合诗歌风格受贾岛的影响,因此二人有相似之处,但姚在才气、艺术追求上皆不如贾。还有尹占华《论郊岛和姚贾》②、张宏生《姚贾诗派的界内流向和界外余响》③、贺中复《五代十国时期的温李、贾姚诗风》④、许总《论贾岛、姚合诗歌的心理文化内涵及文学史意义》⑤。尹文总结了姚贾清新奇僻的共同风格,也指出了共同的缺点,"姚贾皆气魄拘谨,格局不大,在这方面没有多大差别。"还分析了姚贾二人与韩孟、元白两大诗派的关系。张文的创新在于,分析了姚贾二人对晚唐诗人的影响,谈及对南宋诗坛影响时认为江湖诗人对姚贾的学习带有普遍自觉的群体意识,其观点富于启发性,拓宽了姚贾研究的空间。贺文考查了五代十国学姚贾的新趋势,澄清了以往对姚贾在晚唐五代影响的模糊认识。

关于姚贾异同辨析、与其他诗派的关系、诗歌影响等问题,还有谷玛利《姚贾诗异同论》⑥、刘宁《"求奇"和"求味"——论贾姚五律的异同及其在唐末五代的流变》⑦、张震英《姚贾定交考论》⑧、《论姚合、贾岛对唐诗山水川园审美主题的新变》⑨、《论姚贾与韩孟》⑩、《论姚贾与张王》⑪、白爱平

---

①许可《贾岛与姚合》,《语文学刊》,1988 年 8 期。
②尹占华《论郊岛和姚贾》,《文学遗产》,1995 年 1 期。
③张宏生《姚贾诗派的界内流向和界外余响》,《文学评论》,1995 年 2 期。
④贺中复《五代十国时期的温李、贾姚诗风》,《阴山学刊》,1996 年 1 期。
⑤许总《论贾岛、姚合诗歌的心理文化内涵及文学史意义》,《江西师大学报》,1997 年 1 期。
⑥谷玛利《姚贾诗异同论》,《苏州大学学报》,1998 年 4 期。
⑦刘宁《"求奇"和"求味"——论贾姚五律的异同及其在唐末五代的流变》,《文学评论》,1999 年 1 期。
⑧张震英《姚贾定交考论》,《雁北师范学院学报》,2002 年 9 期。
⑨张震英《论姚合、贾岛对唐诗山水川园审美主题的新变》,《文艺研究》,2006 年 1 期。
⑩张震英《论姚贾与韩孟》,《文学评论》,2006 年 9 期。
⑪张震英《论姚贾与张王》,《社会科学家》,2006 年 9 期。

《姚合贾岛诗歌的共时接受》①、宋立英《论贾岛姚合的时代归属》②等文。谷文条理清晰地分析了姚贾的异同，"相同的是诗歌缺乏丰富的内容，擅长五言律。相异的是，姚诗较多地反映现实的生活，贾诗则以言愁苦凄寒及科举失意为主要内容；姚诗的审美趣味倾向于平和闲静，诗风浅近清新，贾诗喜欢描写怪奇衰败的意境，诗风幽奥寒瘦。"刘文对姚贾五律的艺术旨趣及其形成的原因进行了分析，在二人艺术旨趣差异的成因问题上，认为"贾岛的'求奇'反映了不平则鸣的寒士精神，姚合的'求味'则是文官阶层闲适趣味的流露。""贾岛诗歌的'求奇'特色，显然受到韩孟诗派求奇尚怪倾向的很大影响。"所得结论较好地反映了晚唐五代特定时期的流变特征。张震英的一系列文章，有的考证了姚贾定交的时间地点，有的阐述了姚贾与张王、韩孟的交往，以及四人对姚贾在诗歌创作及审美心理上的影响。

从上述关于贾岛研究情况看，关于诗人生平、诗歌艺术、与同时代诗人诗派的关系以及对后世影响等问题的研究已经全面展开，取得了丰硕的成果。

二、选题意义

贾岛作为中唐时期的著名诗人，以其个性鲜明的五言律诗的创作闻名于中晚唐的诗坛。贾岛终生不第、生活穷困潦倒，因此作品中多有哀怨愁苦的情绪，诗歌格局确为不大。这种特色既有个人原因，也与唐代复杂的时代背景有关。他的思想中既有因早年出家而习得的佛家思想，也有儒家经学济世的影响，所以作品在悲叹个人苦痛的同时，仍有胸怀天下的济世之音。而在诗歌艺术上，贾岛深受前代和同时代诗人的影响，自成具有独特个性的诗歌特色，在五律方面独成一家，其他诗歌体式也别具特色。

贾岛对后代诗人的创作有一定的影响，从晚唐到清，各个朝代都有学习贾岛的诗人和诗人团体。进入二十世纪以后，学界对贾岛的研究渐多，开始正视这位诗人的创作特性以及对诗坛的贡献及影响，但都不够全面。二十一

---

①白爱平《姚合贾岛诗歌的共时接受》，《宁夏大学学报》，2006 年第 5 期。
②宋立英《论贾岛姚合的时代归属》，《学术交流》，2006 年第 4 期。

世纪以来,贾岛研究渐成热点,研究者从各个角度研究贾岛的生平经历、思想内涵、诗歌的艺术特色等等,使得贾岛其人其诗的面貌逐渐完整,但是还有很多可以探讨的问题,贾岛研究仍有进一步可探索的空间。

第一章　贾岛的生平经历

　　关于贾岛的生平遭际，唐及后代的记载都欠完整周详，且有抵牾之处。而贾岛诗作中对自己的家世、生平也极少涉及。因此到目前为止，贾岛事迹中仍有几处面目模糊，不甚明朗，学界的看法也尚未统一。我们只能通过贾岛及友人的诗作，结合相关的历史资料，做个大致的梳理。

　　《新唐书》里有对贾岛的记载，是附属于韩愈传底下的一个小传，仅仅一百一十八字，不能提供足够的资料。贾岛生前好友苏绛所写的《唐故司仓参军贾公墓志铭》内容上可信度高，可惜也是篇幅短小，有若干关键性的问题没有详细说明，如贾岛因何责授等。《唐才子传》的记载也只几百字，而且有些事迹记载不确切。本章将贾岛的一生分成几个部分，将对他影响至远的事件和经历凸显出来，以期能深入地了解这位诗人。

第一节　半世为僧，还俗应举

　　《新唐书》中关于贾岛有如下记述：

　　岛，字浪仙，范阳人，初为浮屠，名无本。来东都，时洛阳令禁僧午后不得出，岛为诗自伤。愈怜之，因教其为文，遂去浮屠，举进士。当其苦吟，虽逢值公卿贵人，皆不之觉也。一日见京兆尹，跨驴不避，能诘之，久乃得释。累举不中第。文宗时，坐飞谤，贬长江主簿。会昌初，以普州司仓参军迁司户，未受命卒，年六十五。(《新唐书·韩愈传》附《贾岛传》)

这个资料简短地记录了贾岛的一生。贾岛，字浪仙，范阳人。原来是僧人，法名无本。在洛阳的时候，因为当时洛阳有令禁止僧侣午后外出，贾岛为此不满，作诗以抒怀，被韩愈所知，因爱惜其才华，遂劝说其应试考取功名，因此贾岛还俗。

《唐诗纪事》关于贾岛还俗的记载与《新唐书》相同："韩愈惜其才，俾反俗应举"。《直斋书录解题·贾长江集》中有关于此事细节的记载："韩退之有《送无本诗》，即其人也。后反初服。举进士不第。"

而《唐才子传》关于贾岛的记载却有不同：

岛，字阆仙，范阳人也。初，连败文场，囊箧空甚，遂为浮屠，名无本，来东都，旋往京，居青龙寺。

《唐才子传》中记载贾岛是因考场失利，生计无着才当了和尚，这一记载与《新唐书》截然相反。五代何光远所著《鉴戒录·贾忤旨》中也持此说，"岛后为僧，改名无本"。

因这些史料说法不一，贾岛是还俗应举还是因考场失利而出家，一时间是个很大的疑问。李嘉言和黄鹏都认为应以正史为依据，按《新唐书》的说法为准。

白爱平《贾岛为僧及还俗时间地点考》对贾岛还俗的时间有过细致的分析：韩愈和孟郊关于贾岛的诗中，韩愈有《送无本师归范阳》，孟郊有《戏赠无本》。从诗题看，元和六年贾岛随韩愈入长安时，还是僧人的面貌，并未立即还俗。又据贾岛《赠翰林》诗，可知其还俗应举应不晚于次年。另文人沈亚之于元和七年落第归乡，贾岛曾写诗《送沈秀才下第东归》相赠，贾岛于六年十一月曾回范阳，此诗说明最晚于七年春，贾岛已经返回长安。而之前回范阳，应该是与还俗有关①。

这个考证比较全面，结论当属可信。按照白文的分析，贾岛之前为僧，后

---

① 白爱平《贾岛为僧及还俗时间地点考》，《唐都学刊》，2006 年第三期。

于元和六年（811）或七年（812）还俗应举，时年 33 或 34 岁。

贾岛何时为僧，白文中也有分析：黄鹏在《贾岛年谱》中提到，"僧律限出家男女年龄在二十岁许"。贾岛有《送僧》诗，其中有"出家从丱岁，解论造玄门"句。所谓丱岁，是指儿童的总角之龄，因此可知贾岛是幼年出家。贾岛还有《青门里作》："燕存鸿已过，海内几人愁。欲问南宗理，将归北岳修。若无攀桂分，只是卧云休。泉树一为别，依稀三十秋。"按李嘉言《贾岛年谱》的系年，贾岛于长庆三年（823）住长安青门里。诗人落第后作此诗，表示想归隐山林，重修佛法，回忆起当年的山寺泉树生活，距今已有三十年左右。按照这个数字，将长庆三年倒推三十年，应为贞元九年（793），当时贾岛 15 岁。这个年龄，符合贾岛自言的"丱岁"出家的说法。

至于贾岛还俗后是否曾再次出家，不论贾岛自己的诗作，还是同时期与他有来往的其他诗人的诗作、文字，皆无记载，应为讹误。

第二节 屡试不第，晚年责授

贾岛到长安后，耽思苦吟，精研诗艺，年年应举却始终未能中得一第，他在很多诗作里都表达过不能中举的失落与彷徨。如《下第》"下第只空囊，如何住帝乡。杏园啼百舌，谁醉在花傍"、《早蝉》"得非下第无高韵，须是青山隐白头。若问此心嗟叹否，天人不可怨而尤"、《送康秀才》"俱为落第年，相识落花前"等。

贾岛未能中第，从他自身来看，主要有两个原因。

一是据史书记载，贾岛不善程式，这很不利于进士科的考试。唐代科举考试中，进士科为常科，考取最难，一般每次只取二、三十人，仅是明经科的十分之一，故此最为尊贵，地位亦成为各科之首。也因此，时人称进士及第者为"白衣公卿"。贾岛参加的就是进士科考试。进士科考试内容，主要是经学和时务策，还要加考诗赋。但是中唐以后，进士考试中对诗赋越来越不重视。这样的考试形式，专精作诗的贾岛并不擅长，所以屡考不中也是自然。

但更主要的，是贾岛的性格易惹非议。唐代行卷风气盛行，应考之人要在考前将自己的作品送给有文学声望的官员，希望能被推荐给主考官。考官在阅卷时，考生的名声也是考虑的因素，但贾岛的性格并不利于他的风评。多年清冷的佛门生活养成了贾岛孤高冷峻的性格，多年的苦读又使他以才华自矜，因此贾岛在举子中显得很是格格不入。据《鉴戒录·贾忤旨》记载，"岛初赴名场日，常轻于先辈，以八百举子所业悉不如己。自是往往独语，旁若无人，或闹市高吟，或长衢啸傲。"这种做派很容易招致反感和非议，也给他带来祸患。当时的宰相裴度，为建自家的府邸赶走了附近的百姓，拆除了多家民居。贾岛知道后作诗《题兴化园亭》相讥，尤其最后两句"蔷薇花落秋风起，荆棘满庭君始知"，似在暗示裴度早晚会官职不保，言语十分犀利。这为他后来的祸患埋下了伏笔。后来，贾岛不满于考场不公，还作《病蝉》诗，将自己比作病蝉，虽欲振翅而飞却不得，腹中凝有露华，却被灰尘蒙住了眼睛。诗的最后两句"黄雀并鸢鸟，俱怀害尔情"，将侵害自己的力量比做黄雀鸢鸟，所指非常明确，因此这首诗被认为是讽刺公卿，《鉴戒录·贾忤旨》云："公卿恶之，与礼闱议之，奏岛与平曾等风狂，挠扰贡院，是时逐出关外，号为'十恶'。议者以浪仙自认病蝉，是无抟风之分"，结果贾岛竟致被逐出考场。

贾岛既已被逐出考场，则再无机会通过进士考试而入仕，可是在他的生平记载中，却有做官的经历。《新唐书·贾岛传》云："文宗时，坐飞谤，贬长江主簿。会昌初，以普州司仓参军迁司户，未受命卒，年六十五。"《贾司仓墓志铭》中道："穿杨未中，遭罹诽谤。解褐授遂州长江主簿。"

贾岛究竟是否中过第呢？从他的诗作看，是没有的。其他史料中也没有记载。据《唐昭宗恤录儒士》记载，唐昭宗光化三年，左补阙韦庄请奏，希望将词人才子中的遗贤追赐进士及第，其所列名单中就有贾岛。可知贾岛确实是没有中第的。

既未中第，又何来贬官一说呢？施蛰存认为，贾岛在贬斥之前可能官职高于主簿，故言贬斥①。从"责授"本意考察，是指降级授予官职。官员因过

---

①见张震英《贾岛坐飞谤责授事迹考辨》，《学术论坛》，2008 年第五期。

错而降级授官，而且同时还要有所训责。施老先生当是从这个角度而得出结论。但是苏绛《贾司仓墓志铭》说贾岛"解褐授遂州长江主簿"，可知贾岛是由布衣而授官，所以应该还是未中第而直接以贬官的形式授予了长江主簿的职位。为何贾岛由布衣直接责授为官？我们还需要知道他被贬的原因。

何光远的《鉴戒录》说贾岛被贬，概因宣宗微行时，贾岛言语上有冲撞忤旨，宣宗为显恩德，特写敕文，"岛因授此官，永离贡籍"，过程颇有戏剧性。但《直斋书录解题·贾长江集》认为《鉴戒录》是"好事者撰此制以实之"，不足以为信。

关于贾岛被贬，苏绛没有明说，仅以"穿杨未中，遽罹诽谤"一语带过，但语气愤愤不平；《新唐书》有"坐飞谤"，虽没有具体详述，但比较客观。从这两个资料分析，贾岛应当是说了不该说的话，也许是前面提到的《病蝉》，也许还有他那首讽刺裴度的《题兴化园亭》，从而得罪或惹恼了某些权贵。

开成二年（837），贾岛责授遂州长江县主簿，三年后转迁普州司仓参军，后来于会昌三年（843）在任上去世。

第三节　出身寒门，生逢乱世

关于贾岛的家世，苏绛作《贾司仓墓铭》有云："贾岛，……祖宗官爵，顾为详研，中多高蹈不仕。"可知贾岛祖上无人做官，没有可供依傍的荫余，是寒门子弟。

贾岛生于范阳，古属幽燕之地，气候寒冷干燥，土地干旱贫瘠。安史之乱中，这里正是动乱的中心，本就贫苦的百姓又遭战乱之苦，生活的艰辛可想而知。

安史之乱后，唐朝政局仍然动荡不安。安禄山余部虽然表面归顺了朝廷，受命为各地节度使，但割据之心犹存，彼此之间相互争斗、混战不已，对皇权帝位也有觊觎之心。朝廷平藩虽取得一些成效，但付出的代价极高，竭尽财力物力。各藩镇既要对付朝廷的征讨，又要维护统治，便加重赋税的征发和财帛的搜刮。而朝廷为了解决军费的不足,也加重了赋税的征收。广大平民百姓在饱受战争离乱动荡之苦的同时,还要被压榨剥削,真正苦不堪言。韩愈于贞元年间所作《原道》"农之家一,而食粟之家六"就是百姓沉重的赋税负担的真实反映。而这时期由于皇室的提倡,佛教大为兴盛,寺院经济十分兴旺,为僧为尼可以免除赋税。因此贾岛出于温饱的考虑而入佛门,是很有可能的。

当时的唐朝不仅有藩镇割据的政治难题,还有宦官专政和朋党之争两大更为严重的心腹之患。

唐代宦官得势肇始于唐玄宗重用高力士。天宝后,玄宗逐渐丧失了进取之心,耽于享乐,疏懒政事,将政务假手宠侍高力士。高力士乘机开始参与朝中事务,开启了宦官干政的先河。但此时宦官并没有形成势力,朝政仍掌控在皇帝与朝臣的手中。边关重臣安禄山引发叛乱后,又不断出现悍将反叛,这使得玄宗后继的帝王们对拥有重兵的勋臣、宿将怀有戒惧,转而开始倚重身边的家奴。从肃宗朝开始,宦官得以掌控兵权,其中宦官李辅国、程元振统领禁军,权倾朝野。德宗避泾师之乱时,身边只有内官窦文场、霍仙鸣拥从,所以将禁军之权全盘交付宦官,宦官典军遂成定制。德宗还特别将神策军交与宦臣,希冀以此来操控中央军权,可实际上却事与愿违。宦官掌管军权后立即开始危害皇权,不但操纵朝臣的任用罢免,连皇帝的废立生死也几乎操控手中。从顺宗到文宗的几位皇帝皆由宦官所立,也皆被宦官所杀。

宦官的嚣张跋扈激起了朝臣的不满,他们意欲克服宦官专权。王叔文、柳宗元、刘禹锡发起的"永贞革新",其主要矛头就是指向宦官,然而由于宦官与守旧官僚的反抗,"永贞革新"最终失败。唐文宗在位时,曾两次借助朝臣势力以翦除宦官,但也都以失败告终,朝臣与宦官的对立斗争达到白热化的程度。

与此同时,朝廷内臣之间的派系斗争也愈演愈烈,牛李党争被公认为是持续时间最长、影响最大的党争。

牛李党争始于唐宪宗元和三年(808)的进士考试。举子牛僧孺、皇甫湜、李宗闵在考卷中言辞尖锐地批评时政,考策官和复试官均将三人署为"上第"。但宰相李吉甫(李德裕之父)对三人的对策不满,遂向宪宗弹劾四位考官徇私舞弊、阅卷不公,宪宗信以为真,将四位考官贬出朝廷,三位考生也不予任用。此事一出，朝野哗然，大臣们争相为牛僧孺等人鸣冤叫屈，谴责李吉甫嫉贤妒能。宪宗为平息事端，将李吉甫贬为淮南节度使，李吉甫与牛僧孺自此结下恩怨，并一直延续到李吉甫儿子李德裕，成为后来党争的根源。

唐穆宗长庆元年（821），西川节度使段文昌、翰林学士李绅在科举考试前，向两位主考官打招呼关照几位考生，但录取结果却是，段文昌和李绅请托的人都没考上，考上的人中却有李宗闵的女婿苏巢和主考官的弟弟。段文昌和李绅恼怒之下，联合向穆宗告状，指责主考官与李宗闵徇私，同任翰林学士的李德裕、元稹也出面证实。穆宗命中书舍人王起等人主持复试，考中的人中有十人在复试中被淘汰。于是，李宗闵等三人皆被贬官。经此一事，李宗闵和李德裕正式开始对立，双方都形成相对固定的关系网络和利益集团，两个党派的分野也由此逐渐清晰起来。

两党不论在人才选拔还是藩镇割据等问题上，意见和做法始终相左。数十年的时间里，两党人士的势力此消彼长，相互攻讦从未停止。这场统治阶层内部的派系斗争，加剧了唐王朝的政治危机，使腐朽没落的政权最终走向灭亡。

而贾岛在长安应举生活的时间，正是牛李党争最为激烈的时期，由于两党长期互相倾轧，被他们轮流控制的科举考试也丧失了公平性，只有与两党人物有关系的举子才有被录取的可能。贾岛也曾积极地以献纳之作四处寻求援引，赏识他才华的张籍、韩愈也给予过帮助，但都没能结识任何一党有力的关系。

因此，贾岛始终都未能中得一第，理想不得伸张，除了前文分析的自身原因外，最主要的还是缘于他生于中晚唐动荡的时期。乱世中的命运起伏，与他自身的性格，没能成就他的功名，却成就了他的诗名，供后代人学习与景仰。

第四节　生计岨峿·贫困度日

贾岛出身寒门，又多年为僧，不事产业，因此在长安期间没有任何经济依靠。再加上始终不第，经济条件无法改善，生活格外贫寒。《唐才子传》也说他"况味萧条，生计岨峿"。贾岛在诗中经常表现他的生活境况，最有名的如《朝饥》：

市中有樵山，此舍朝无烟。井底有甘泉，釜中乃空然。

我要见白日，雪来塞青天。坐闻西床琴，冻折两三弦。

饥莫诣他门，古人有拙言。

他的友人也描述过贾岛贫困的生活。如张籍《赠贾岛》："篱落荒凉僮仆饥，乐游原上住多时。蹇驴放饱骑将出，秋卷装成寄与谁。拄杖傍田寻野菜，封书乞米趁时炊。"家中篱落破败，书童吃不饱饭，驴子没法喂养，只好放到外面自己去找食。没有米粮了，就到田间去找野菜，还写信给友人乞求赠粮。姚合在《寄贾岛浪仙》里有诗句"衣巾半僧施，蔬药常自拾"，写贾岛的衣服多半是僧人施舍，自己还常常去采拾蔬菜和草药。姚合《寄贾岛》中间四句"瓮头寒绝酒，灶额晓无烟。狂发吟如哭，愁来坐似禅"表现了贾岛瓮中无酒、灶头无烟、无计可施的困窘。

忍饥挨饿，衣不暖体，是贾岛生活的常态。因为贫穷，贾岛还一身病痛，深受折磨。因为贫穷，贾岛无法住在长安城里，只能在郊外租住，甚至要在寺庙里暂时存身。他的《寄慈恩寺郁公房》"病身来寄宿，自扫一床间"写的就是这种状况。

直至做了长江县主簿，贾岛的经济状况也未见起色，《唐才子传》载其"临死之日，家无一钱，惟病驴、古琴而已"。贾岛一生都饥寒交迫，穷困潦倒。

贾岛贫穷，一是因为他原有的经济条件就不好，再加上始终未能中第，没有任何经济来源。二是因为他不善经营，不会为自己的生计考虑。贾岛似乎很少为生计做打算，在诗集中看不到他做过的营生。与他关系密切的姚合，有写贾岛的诗句"书多笔渐重，睡少枕长新"（《别贾岛》），指他做过抄书的营生。在唐代，抄书是低廉的劳动，收入低微，靠它养家糊口很困难。其实贾岛的书法相当好，苏绛说他"工笔法，得钟、张之奥"（《唐贾司仓参军墓志铭》），还有评价说他"八分书似韩择木"（《书史会要》）。韩择木是唐代书法名家，善八分，书法作品风格秀劲。贾岛书法有似韩择木的评价，说明他的水准也很高，只可惜贾岛未能好好利用自己的条件来谋生。

唐代大多数士人都有一定的经济意识，利用自己的一技之长来谋生，或贴补家用。贫寒士子拮据窘迫时，都会找些生计来改善生活。比如同样是寒士，据《唐才子传》记载，中唐诗人李涉晚年在洛阳，"身自耕耘，妾能织纫，稚子供渔樵"，生活自给自足。还比如杜甫《闻斛斯六官未归》有诗句"故人南郡去，去索作碑钱"。杜甫本人流落秦州时，也曾为人作碑志以换钱。中唐时，有"贫不可堪，何不求碑志见救"[1]的说法，说明撰写碑志是文人通行的谋生手段。甚至于生活无忧的官员权要，也会做此营生。据《唐语林》记载，宰相王缙经常为人作碑志，有时送润笔费的人会误送到王维家中，王维只好向来人解释说："大作家在那边"[2]。书法家李邕善写碑颂，《新唐书》载，"人奉金帛请其文，前后所受巨万计"[3]。如果贾岛能如这些人一样，稍做经营，生活也应该不会这般贫寒。

贾岛在长安的日子，如姚合《送贾岛及钟浑》所说，"日日攻诗亦自强，年年供应在名场"，苦吟作诗占据了他所有的时间，耗尽了他的精力，因此使他对贫穷一筹莫展，无力改变。

①陶宗仪《书史会要》，明刻本。
②周勋初《唐语林校正》，中华书局，1999。
③欧阳修等《新唐书》，中华书局，1975。

第二章　贾岛诗歌的内容

第一节　重大社会问题的客观反映

与同时代的韩孟元白相比，贾岛诗歌的现实性并不强。究其原因，除了仕途坎坷、生活贫困外，还与贾岛所受佛教思想的影响有关。贾岛少年出家，整个青年时期都置身于与世隔绝的寺院内，侍佛修行的生活对其世界观的形成起了至关重要的作用，佛徒生活也形成了他内观自省的性格特点，因此他观照世界的方式与一般诗人不同。但是他的命运与时代紧密结合，他的作品仍然有鲜明的时代烙印，我们仍然可以从中看到现实世界的影像以及诗人的观感。

生活在动荡不安、战乱频发的时代，战争必然会出现在贾岛的笔下。诗人关注着时局，更关注战争对民生的影响。如《别徐明府》：

抱琴非本意，生事偶相萦。口尚袁安节，身无子贱名。

地寒春雪盛，山浅夕风轻。百战馀荒野，千夫渐耦耕。

一杯宜独夜，孤客恋交情。明日疲骖去，萧条过古城。

在这首赠别诗中，诗人除了表达惯常的惜别之情，还在中间四句描写了当地战后的残败情形。正是春寒料峭时节，大地有冰雪覆盖，山上春色尚浅。诗人所经之处，看到处处是荒野，可以想见以前应该在这里发生过上百次的战争；田地里，千余名农夫开始准备农耕。"百战""荒野""千夫"，写出了战争造成的土地荒芜、人口减少的后果,而"渐"字说明小城正在逐渐恢复生产,这情景又给人以希望。四句悲中有喜,令人感慨良多,亦令人可知明府重建之任重。

又如《宿孤馆》:

落日投村戍,愁生为客途。寒山晴后绿,秋月夜来孤。

橘树千株在,渔家一半无。自知风水静,舟系岸边芦。

此为诗人傍晚时分在村戍借宿之所见。村戍,是指依村而建的军营,这说明此地是兵事频繁的地区,仍不安定,因此诗人在首联就点出心中的客愁。这愁既有在外漂泊不定而引起的旅愁,还有因投宿在战争仍可能发生的地方而产生的不安全感,因此诗人辗转难眠。颔联写夜半无眠的孤寂与凄凉。颈联写村戍战后的荒寂,千株橘树意在指出此地曾经是产橘之地,现在橘树仍在,但是居住在此的渔家已经有一半在战争中消失了。树仍在,与渔家一半无形成了鲜明的对比,越发显得此地的凄凉,从而真实地反映了中晚唐时期战争频发、人口锐减、民生凋敝的社会现实。

面对动荡的社会和凋敝的民生,即便位卑言轻、远离社会生活的贾岛也无法坐视旁观,以诗笔表达对征战将士的支援。如《代旧将》云:

旧事说如梦,谁当信老夫。战场几处在,部曲一人无。

落日收病马,晴天晒阵图。犹希圣朝用,自镊白髭须。

全诗以老兵的口吻回忆往昔的征战岁月,希冀能老有所为,继续征战沙场,为国效力。首联写旧将过往的旧事已经无人记得,现在更无人相信他曾经的功绩和战勋。语气沉痛,表现出旧将眼前的落魄与被人忽视。颔联回忆昔日的战争场景,虽然当年奋勇作战的战场仍在,可一起杀敌的将士们却无一生还。这句既点出了士兵们的英勇,也展现了战争的激烈和残酷,与"誓扫匈奴不顾身,五千貂锦丧胡尘"的悲壮惨烈意味相当。颈联里诗人以收病马、晒阵图表现旧将重上战场的准备,也暗示战争犹未结束。尾联以自镊白须的举动希冀能再为部队所用。全诗满是悲壮之气,表达诗人停止战争、自己能有所作为的愿望。

又如《逢旧识》:

几岁阻干戈,今朝劝酒歌。美君无白发,走马过黄河。

旧宅兵烧尽,新宫日奉多。妖星还有角,数尺铁重磨。

　　这首诗是送旧识从军之作。首联即感慨因为兵戈相阻，难得有今日的相聚，大有"对酒当歌，人生几何"之叹。颔联中诗人羡慕旧识年轻力壮，还能够跃马从军，渡过黄河奔赴战场。颈联写战后的残败兼批评时局：民宅被战火烧尽，而新建的宫室却日渐增多，朝廷只顾自己的享乐，而民生之苦可想而知。诗中通过"旧宅""新宫"的对比，展现了百姓的深重苦难，又含蓄地批评了统治者的不恤民生、不思休养生息、反而大兴土木的做法。尾联以妖星有角指当时唐朝的边患或藩镇之乱，指出战争的危险仍在，当重振军旅准备迎战，平定内外动乱。

　　贾岛在其他内容的诗歌中也多处表达了对战争的关注，对战争带给人民的苦难也有所反映。如《原居即事言怀赠孙员外》：

　　出入土门偏，秋深石色泉。径通原上草，地接水中莲。

　　采菌依馀柝，拾薪逢刈田。镊揩白发断，兵阻尺书传。

　　避路来华省，抄诗上彩笺。高斋久不到，犹喜未经年。

　　这是贾岛写给孙员外的赠诗，讲述自己的生活状况，表达对不久就可以到员外家中拜访的喜悦期盼之情。诗前四句写诗人的生活环境。贾岛一直在长安郊外生活，地点偏僻，因此开篇"出入土门偏"表现了他居所的偏僻和简陋。虽然居所简陋，但是附近有山泉清冽幽深，出门有小路通向原野，靠近原野处还有水中莲花。后两句写诗人贫寒的生活：为了果腹，诗人要去树林里砍伐过的木桩上采蘑菇；为了取暖，他还要去拣柴火，如果正好遇见农夫刈田，会有意外的收获，他会非常高兴。接下来六句写此次赠诗的原因：诗人已经年老，看见白发会引起他老大无成之感，因此镊去才感安慰，而此时又赶上兵乱，阻隔了书信往来。身世之悲加上书信不通，令诗人非常不安，因此一路躲避着兵乱，绕路来到员外的住宅，将赠诗抄写在纸上，期待着很快能见到员外。诗中的"兵阻尺书传"和"避路来华省"，应该是指大和九年的甘露之变，当时城中兵乱造成了音信的阻隔，也给百姓带来极大的恐慌，民生也受到影响。这首诗中主要内容是贾岛讲述自己的生活，但是可以看到战乱对他及百姓的影响，可看作对现实的一种反映。

　　又如《送李廓侍御剑南行营》：

　　走马从边事，新恩受外台。勇看双节出，期破八蛮回。

　　许国家无恋，盘江栈不摧。移军习斗逐，报捷剑门开。

角咽猕猴叫，鼖干霹雾来。去年新甸邑，犹滞佐时才。

李廓侍御即将去边地任外台，临行前诗人赋诗以赠，包含祝愿之意。头两句即交代赴任之事，后面祝福侍御能建功立业，其中就涉及当时边地的局势。"勇看双节出，期破八蛮回"中的八蛮是指南诏，曾于大和三年劫掠成都，朝廷派军征讨，侍御去边地应该就为此事。诗人衷心地希望朝廷能获胜，彻底打败入侵者，以传捷报。

在写给官员的诗中，贾岛会对那些为国御敌、平定藩镇叛乱的将军们发出由衷的赞叹，同时也客观反映出边地动荡、百姓疲敝的社会现实。

如《赠李文通》：

营当万胜冈头下，誓立千年不朽功。

天子手擎新钺斧，谏官请赠李文通。

根据史料记载，元和九年，蔡元济叛乱，兵临寿春，搅扰淮南。元和十年春，左金吾大将军李文通出受寿春，驻万胜冈讨伐蔡元济。诗人赞赏李文通驻扎万胜冈、立下誓言要建千年不朽的伟业，反映的就是这段历史事实。最后两句写天子赠送钺斧，指李文通伐蔡有功，被朝廷奖励。

又如《上邠宁邢司徒》：

箭头破帖浑无敌，杖底敲球远有声。

马走千蹄朝万乘，地分三郡拥双旌。

春风欲尽山花发，晓角初吹客梦惊。

不是邢公来镇此，长安西北未能行。

首联称赞司徒射箭和马球的技艺精湛，颔联状写司徒出为节度使时仪卫之盛，以显出其身份的尊贵，颈联通过晓角初吹的景物描写带出客愁，表达干谒之意，尾联对邢公出镇保一方平安给予热情的赞誉。这首诗虽然是干谒诗，多少有些溢美之词，但在客观上也反映了当时唐王朝边地动荡，战争不断，治安混乱的社会现实。

又如《寄沧州李尚书》：

沧溟深绝阔，西岸郭东门。弋者罗夷鸟，梓人思峤猿。

威棱高腊冽，煦育极春温。陂淀封疆内，蒹葭壁垒根。

摇鞭边地脉，愁箭虎狼魂。水县卖纱市，盐田煮海村。

枝条分御叶，家世食唐恩。武可纵横讲，功从战伐论。

天涯生月片，屿顶涌泉源。非是泥池物，方因雷雨尊。

沉谋藏未露，邻境帖无喧。青冢骄回鹘，萧关陷叶蕃。

何时霖岁早，早晚雪邦冤。迢递瞻旌纛，浮阳寄咏言。

诗人把自己无法实现的理想，寄托在功业人品俱佳的权要身上，这首诗就是对尚书李佑的功业、才能大加赞誉。"枝条分御叶，家世食唐恩。武可纵横讲，功从战伐论。天涯生月片，屿顶涌泉源。非是泥池物，方因雷雨尊。"诗人不吝赞美的同时，也有现实的反映。"摇鞭边地脉，愁箭虎狼魂"，指蛮夷士兵经常会骚扰边地。"青冢骄回鹘，萧关陷吐蕃"写出了唐王朝尴尬的内外交困的状况。安史之乱中，唐室借兵回纥，回纥即开始空前娇纵，侮辱太子适，还鞭打从者至死，继而掠东都、扰长安。而吐蕃趁唐室之危，先后攻陷数十州。二者就是后文所写的"帮冤"。"何时霖岁早，早晚雪邦冤"，"岁旱"指安史之乱后唐王朝的内忧外患，诗人盼望李佑施展才华解除边地的忧患，打退入侵者，以济时危。

又如《颂德上贾常侍》：

边臣说使朝天子，发语轰然激夏雷。

高节羽书期独传，分符绛郡滞长材。

啁啾鸟恐鹰鹯起，流散人归父母来。

自顾此身无所立，恭谈祖德朵颐开。

颂德，是直赞其德以得到帮助之意，所以这是首干谒诗。虽然诗的首尾两处，诗人对常侍有稍显肉麻的夸赞，但也表达了对为官者的期望。颔联"高节羽书期独传，分符绛郡滞长材"表达了早传报捷的期望。颈联"啁啾鸟恐鹰鹯起，流散人归父母来"用比兴手法，将百姓比做惊恐的鸟雀，被凶猛的鹰鹯逼迫得四处逃散，形象地表现了百姓流离失所、惶惶不安的状况。诗人希望贾常侍这样的父母官能让流散的人都复归田园，拯救一方百姓。诗人言辞恳切，表现了他爱国爱民的情怀。

如果将贾岛散见于诗集中反映战乱的诗句连缀起来，可真切地看到安史之乱后唐王朝国力下降、民族矛盾加深、外敌大举入侵的危机现实，也可以看到经济破坏、民生凋敝的凄惨状况，诗人爱国爱民的热切之心鲜明可鉴。

战争之外的社会生活，在贾岛的诗中也有反映。如《郑尚书新开涪江二首》写的就是涪江开通后造福百姓的事情：

其一：

岸凿青山破，江开白浪寒。日沉源出海，春至草生滩。

梓匠防波溢，蓬仙畏水干。从今疏决后，任雨滞峰峦。

其二：

不侵南亩务，已拔北江流。涪水方移岸，浔阳有到舟。

潭澄初捣药，波动乍垂钩。山可疏三里，从知历亿秋。

涪江，位于四川境内，在疏浚前有不畅之虞。郑复于文宗开成九年九月出任剑南东川节度使，到任后立即着手开江，至次年春完工，江水终于畅通。贾岛当时在遂州长江县主簿任上，属于东川节度使管辖。涪江疏通后效果显然，尚书召下属赋诗相贺，贾岛因此赋诗两首。第一首诗写涪江开通后，江面水位下降，终于解除了水害的危险，百姓可高枕无忧。第二首写疏浚工程中没有耽误农事，赞尚书爱惜民力、民生；而且涪江疏浚后景色美丽，尚书疏凿江水功德可传万代。诗中处处写疏江后的作用，实则赞人。虽然这是应景而作的颂诗，但贾岛写得平实含蓄，从容不迫，并无过分的阿谀，表达出对造福百姓之举的由衷喜悦。

贾岛困守举场二十多年，屡试不第，对中唐科举的弊端与黑幕有深刻的了解，对其危害也有切肤的感受，因此诗作中多有揭露。

如《送沈秀才下第东归》：

曲言恶者谁，悦耳如弹丝。直言好者谁，刺耳如长锥。

沈生才俊秀，心肠无邪欺。君子忌苟合，择交如求师。

毁出疾夫口，腾入礼部闱。下第子不耻，遗才人耻之。

东归家室远，掉辔时参差。浙云近吴见，汴柳接楚垂。

明年春光别，回首不复疑。

贾岛的朋友沈亚之进士落第，回乡临行时，贾岛写诗安慰劝勉，更对科场的黑暗直接批评。诗前四句，写众人多喜欢悦耳的曲言，而不喜欢刺耳的直言，从而揭示沈生直言不讳、不从时俗的风貌。接下来八句写沈亚之德才俊秀、刚正无邪，是个值得尊重的朋友，因被人嫉妒毁谤，从而被礼部所黜、科举落第。诗人愤然将批判的矛盾直接指向主持考试的礼部闱的官员，认为沈生不应该以落第为耻，主持考试的官员们不识才、"遗才"才是真正可耻的。贾岛为朋友仗义执言、大鸣不平，也是因为自己深受科举不公之害而不由得发出直白激切之语。最后六句，诗人鼓励即将归家的朋友，以"明年春光别"暗示来年将会登第，届时会是另一番景象。

又如《寄令狐相公》有"下第能无恧，高科恐有神"句。中唐的科场充满黑暗，通关节、托人情、徇私舞弊公然风行，考试取士根本无公平可言。长庆元年（821），段文昌曾因此面奏穆宗："今岁礼部殊不公，所取进士皆子弟无艺，以关节得之"①。而中唐著名的牛李党争正是由于这次科举取士的不公而引发的。因此贾岛的"高科恐有神"，就是指只有能托人情、打通关节的人才能科举中第。

还有被指"挠扰贡院"、给贾岛带来"十恶"罪名的《病蝉》：

病蝉飞不得，向我掌中行。拆翼犹能薄，酸吟尚极清。

露华凝在腹，尘点误侵睛。黄雀并鸢鸟，俱怀害尔情。

客观来看，这首诗多是牢骚之语，言辞并不激烈，但是仍刺激了某些官员的神经。诗人以"病蝉"自比，虽腹中凝露华，却不能飞翔，只因有黄雀鸢鸟的迫害。黄雀、鸢鸟与病蝉，正是掌控举子命运、徇私舞弊的考官与满腹才华、地位低微的贾岛之间关系的类比，形象地展现了科场的现状，具有一定的批判意义。

贾岛在长安生活多年都不曾中第，社会地位低，再加上生活贫困，以至于多年生活在长安城外，造成了他生活视野狭窄、社会活动参与度低，他的作品不可能全面而深入地反映更多的社会生活。但是我们从他的作品中仍然可以感受到诗人对社会的关注、对民生的关心，即如李嘉言所说"他虽不同于张籍、白居易一派，却因与张籍、白居易同一时代背景而发生一定的内在联系。他们从不同的角度反映了时代的面貌②"。

---

① 《通鉴·唐纪》卷57，上海古籍出版社，1987。

② 李嘉言《长江集新校·前言》，上海古籍出版社，1983。

第二节　贫病困窘的生活写照

在贾岛的作品中，最鲜明突出、深刻感人的内容，就是反映他贫病困苦生活的篇章。贾岛少小离家，没有家庭的依靠，也几乎没有任何生计，在桂薪玉粒的长安坚持20余年，其生活的艰难可想而知。宋人张邦基曾将孟郊、贾岛的穷困状况做过对比："或问：'二子其穷孰甚？'曰：'阆仙甚也。''何以知之？'曰：'以其诗见之'。①"

贾岛"年年供应在名场"②，却屡屡失利，始终不得一第，没有收入来源，自然生活无着，衣食匮乏，他的诗就真实地记录了他穷困交加的生活状况。比如《朝饥》中就有非常生动的展现：

市中有樵山，此舍朝无烟。井底有甘泉，釜中乃空然。

我要见白日，雪来塞青天。坐闻西床琴，冻折两三弦。

饥莫诣他门，古人有拙言。

这首诗描述了诗人极度贫穷之状，但同时又表达了安贫之志。诗的前四句用对比手法写出了诗人饥饿无食的状况：市集上柴薪堆积如山，我的家里却因无柴火而没有炊烟；水井里有甘泉之水，而屋内的锅里空空如也，无米做饭。无米无柴，真真是饥饿难忍，这是何等凄凉的境况。中间四句极写屋内之寒：因为寒冷，诗人想借日光取暖，可偏偏下起了雪。坐在室内，听见琴都被冻折了琴弦。琴弦都被冻折，人这肉体凡胎当何以堪呢？诗人这样写来，比直接写人受寒苦更具震撼力。"饥莫诣他门，古人有拙言"，很明显是化用了陶渊明《乞食》中的"饥来驱我去，不知竟何之。行行至斯里，叩门拙言辞"，反其意而用之。陶渊明因饥饿而出门乞食的时候都口拙不能言，我就更

---

①张邦基《墨庄漫录》，中华书局，2003。

②姚合《送贾岛及钟浑》，《全唐诗》卷四百九十六。

不能拜访他人以求食了。诗人实际想表达的是，虽然饥寒贫穷，但他不愿去食嗟来之食，仍然要固守本心，安贫乐道。

对于穷苦之人来说，冬季最为煎熬，因为在食不果腹之外还要忍受寒冷。这种情形贾岛在《冬夜》里有详细的描述：

羁旅复经冬，瓢空盏亦空。泪流寒枕上，迹绝旧山中。

凌结浮萍水，雪和衰柳风。曙光鸡未报，嘹唳两三鸿。

诗人描写了在无眠的冬夜里感受到的种种悲苦。首联写诗人困守长安又到了冬天，现在厨房里瓢盏皆空，没有一粒粮食。颔联中诗人想起已经多年未归故乡，在家人看来竟至绝迹一般，不由得泪流寒枕。贾岛多年不中一第，遂经常有老大无成之感，每当挫败之下都不由得产生归意，因思乡情浓而难以入眠。行笔至此，诗人已经写出了经常萦绕心头的三种愁绪：老大无成之悲、生活艰难之苦、思念家乡之痛。在这寒冷的冬夜，三种愁苦滋味齐齐涌上心头，真是凄惨至极。因此在颈联转为诗人对自己身世之悲的感慨，自己原本就似浮萍一般漂泊无依，偏偏又遇见水面结冰，脆弱的浮萍怎能禁得起这双重的侵害？身如衰柳般年老体弱，又怎能禁得住夹着雪花的寒风的欺凌？在生活中，诗人遇到的各种不如意似层层叠加到他身上，让他不由得感到自己总是处于多重的伤害中，因此他把这种感受以浮萍和衰柳的比喻传递出来，格外贴切自然。尾联中诗人抱怨天已光亮但鸡不报晨，反倒天上传来两三声鸿雁的哀鸣。诗人本已凄苦之极，哪里还能忍受寒空哀鸿。诗人用层层叠加的手法，使诗中的凄凉之感又加深一层。

又如《下第》：

下第只空囊，如何住帝乡！杏园啼百舌，谁醉在花傍？

泪落故山远，病来春草长。知音逢岂易，孤棹负三湘。

此诗为贾岛落第后所作，抒写了落第后的惆怅愁苦之情。其中首联"下第只空囊，如何住帝乡"既点出落第之事，又道出他钱尽粮绝的窘况。贾岛为能中举，终日苦吟作诗，几乎不作生计，生活原本就穷苦不堪。现在求举不成，如何在长安住下去，靠什么继续求功名呢？诗人内心绝望而迷惘。颈联"泪落故山远，病来春草长"，还写出了他身有病疾的情况。

又如《客喜》：

客喜非实喜，客悲非实悲。百回信到家，未当身一归。

未归长嗟愁，嗟愁填中怀。开口吐愁声，还却入耳来。

常恐泪滴多，自损两目辉。鬓边虽有丝，不堪织寒衣。

诗人自谓为客，以诗自述情怀，表达对家乡的思念。他自言当他欢喜的时候并不是真正的欢喜，当他悲伤的时候也不是真正的悲伤，说明别人眼中诗人的悲喜并非自己真正的悲喜，有别人不知己的慨叹。接下来八句写埋藏在内心的乡愁和思归之心。即使写过百封书信寄回家乡，都比不上自己亲身回去更能安慰客愁。因为从未回乡，愁闷充塞着诗人的心怀。每当他开口发出愁苦之声时，也只有自己能听到。所以诗人常常担心自己的眼泪太多，损伤了眼睛。这几句将诗人的孤独寂寞刻画得生动又形象。最后两句，诗人写自己生活的处境。因为缺少寒衣，他竟然幻想着用鬓旁的头发织就而成，只可惜头发所剩无多。用鬓发织衣，实在是奇思妙想，也映衬出诗人老病穷苦的生活状态和愁闷的心境。

贾岛对自己穷困生活的刻画极其深刻入微，如《寄乔侍郎》：

大宁犹未到，曾渡北浮桥。晓出爬船寺，手擎紫栗条。

差池不相见，怅望至今朝。近日营家计，绳悬一小瓢。

尾联"近日营家计，绳悬一小瓢"，写诗人为生计奔波，而自己所求，不过是"一小瓢"。"一小瓢"，言自己所求甚少，写出了"一箪食，一瓢饮，在陋巷"的真实境况。

如《酬张籍王建》：

疏林荒宅古坡前，久住还因太守怜。

渐老更思深处隐，多闲数得上方眠。

鼠抛贫屋收田日，雁度寒江拟雪天。

身是龙钟应是分，水曹芸阁枉来篇。

诗人因张籍王建有诗歌相赠，遂作诗以表酬答，诗中多处描写了自己生活的穷困状况。首两句"疏林荒宅古坡前，久住还因太守怜"写他的住处。当时贾岛住延兴门内升道坊。据《续玄怪录》记，"张庾举进士，居长安升道坊南街，尽是墓墟，绝无人住"。贾岛住在这样荒僻无人烟的地方，还是因为有太守的关照，实在是穷极。五六句"鼠抛贫屋收田日，雁度寒江拟雪天"可看作穷困生活的描写。即便到了秋季收获季节，诗人家中也无米粮可食，连老鼠都嫌弃他的贫穷，弃屋而去，可知平日里家中更为一贫如洗。这两句还可以理解为诗人感受世态炎凉、表达愤世嫉俗之情的比喻句。弃贫屋而去的老鼠，喻指不能安贫乐道的势利小人，而在可能会下雪之前就渡江南飞的大雁，喻指见风使舵之徒。贾岛在长安城里多年贫困交加，又无功名，必然饱尝人间冷暖，但也有像张籍王建这样的好友陪伴，使他生活和精神上有所依靠。

　　生活困顿之时，贾岛众多好友常常会接济以渡难关，贾岛的作品中对此都有体现。如《卧疾走笔酬韩愈书问》：

　　一卧三四旬，数书惟独君。愿为出海月，不作归山云。

　　身上衣频寄，瓯中物亦分。欲知强健否，病鹤未离群。

　　这是贾岛病中回复韩愈问候的书信。他大病卧床有月余，身体虚弱、精神痛苦，此时韩愈及时送来了衣食相助，使贾岛感激不尽。

　　令狐楚也曾送衣接济。贾岛在《谢令狐相公赐衣九事》有记录：

　　长江飞鸟外，主簿跨驴归。逐客寒前夜，元戎予厚衣。

　　雪来松更绿，霜降月弥辉。即日调殷鼎，朝分是与非。

　　开成二年(837)，贾岛责授遂州长江主簿。在赴任前，令狐楚特意送了九件棉衣给贾岛，贾岛作诗以表示感谢。令狐楚赠衣如雪中送炭般体贴及时，而赴任之时连过冬的寒衣都没有，也可见贾岛的贫寒程度。

　　而贾岛即使在任长江主簿期间生活状况也未见起色。长江主簿，官秩为从九品上，属于微官，俸禄微薄。《题皇甫荀蓝田厅》云"任官经一年，县与玉峰连。竹笼拾山果，瓦瓶担石泉。"看得出，主簿的俸禄不能满足衣食之需，诗人还要拾山果、担山泉以自足。贾岛三年后秩满迁普州司仓参军。司仓参军一职在上州为七品下，中州为八品上，下州为从八品下。普州在遂州之南，当为下州。贾岛由九品上升到八品下，官职提高了，但是经济状况仍无明显改善。据《新唐书》记载，贾岛在司仓参军任上去世时，"家中无一钱，唯病驴、古琴而已"。

　　长期的贫寒，再加上久不中第的抑郁苦闷，贾岛的身体状况很不好，贫病交加的生活更为悲苦，他在多篇作品中都有反映。如《寄李翱侍郎》，前半部称赞李翱侍郎的能力和在边地建下的功业，希望到长安为官后更有作为。后半部为贾岛自述。其中"此身多抱疾，幽里近营居"，写他身体多病，还要为生计操劳，十分辛苦，为其贫病的写照。《就可公宿》尾联"由来多抱疾，声不达明君"也是写身体多病。《斋中》自述情怀与境遇，其中有"所餐类病马，动影似移岳"句，写自己饮食恶劣，好似牲口的食物；身体多病，病体沉重，不爱移动。《寄钱庶子》中诗人与友人叙旧，以"树阴终日扫，药债隔年还"写自己多病，药债要经年才还，也是贫病交加的境况。《寄刘侍御》，刘侍御出官蜀中，诗人写诗以寄，叙说旧情中带出了自己的现状。其中"衣多苔鲜痕，犹拟更趋门"，写因久病不出，衣服不见风日而生出了霉斑。"自夏虽无病，经秋不过原"写自夏天以来虽然无病，但到了秋天仍未去过原上，表示身体依然衰弱。《宿慈恩寺郁公房》"病身来寄宿，自扫一床间"句，诗人贫病交加，走投无路之下，只有寺庙是他的安身之所。

对于自己的贫穷境况，贾岛曾以《咏怀》诗来审视自省：

纵把书看未省勤，一生生计只长贫。

可能在世无成事，不觉离家作老人。

中岳深林秋独往，南原多草夜无邻。

经年抱疾谁来问，野鸟相过啄木频。

首联中诗人自认已经把读书当成了一种生活方式，在生计上很是疏懒，不够勤快，所以恐怕自己一生都要过贫穷的生活。颔联回顾半生的经历，突然意识到自己还一事无成而已年过半百，真是往事如烟，不堪回首。颈联写自己的住处。贾岛困守长安时，于秋天经常去嵩山居住，而其居多在长安城南，那里人少而多草。尾联叹息自己多年抱疾，而老友多已凋零，已没有人来问候病情了，只有野鸟与他为伴。虽然心中苦涩，但诗人也坦然接受终生贫病、老大无成的现实。

尽管贫病交加，生活始终未见起色，但诗人直到晚年仍能不改本心，对穷苦的生活安之若素。《原居即事言怀赠孙员外》前六句即写出了诗人虽贫亦安心的心境：

出入土门偏，秋深石色泉。径通原上草，地接水中莲。

采菌依馀栅，拾薪逢刘田。

因为穷困，贾岛一直住在长安城外，地处偏僻，屋室也极为简陋，连房门都是歪斜的。但是出门后，却有风景可观：暮秋时节，泉水清澈，映现着深深的秋色；一条小径直通长满离离青草的平原，平原上附近的水中还生长着莲花。水中莲的形象，表现了诗人虽生于贫困仍保持初心的高洁品行。而且从原上景色描写中，可以体会出他平静的心态。最后两句写诗人经常采菌、拾薪，虽然艰难，但仍自食其力维持生活。

在作品中表现苦寒生活的诗人，贾岛之前都大有人在，最典型的就是陶渊明。陶渊明归隐田园后亲自躬耕，但所得不足以支撑生活用度，因此也是贫困不堪。萧统《陶渊明传》中记载，元嘉三年（426）处夏檀济道就任江州刺史时，曾去看望陶渊明，其时陶已"偃卧瘠馁有日矣"。从这一细节可见陶晚年的境况，而这种贫穷的生活在他的诗文中都有所体现。如《五柳先生传》中云：

环堵萧然，不蔽风日。短褐穿结，箪瓢屡空，晏如也。常著文章自娱，颇示己志，忘怀得失，以此自终。

这篇小传虽无传主姓名，但学界都认为此为陶渊明自传。文中这段文字显示，传主家徒四壁，房屋不遮风雨，食具中空空如也，传主本人衣衫破烂，贫穷到了相当的程度。还如陶渊明所作《咏贫士七首》其二中"凄厉岁云暮，拥褐曝前轩。南圃无遗秀，枯条盈北园。倾壶绝余沥，阙灶不见烟"，也是他穷困生活的自述。

与贾岛同时期的诗人中，孟郊的生活境况与贾岛类似，他终身潦倒清寒，作品中也多有表现，因此欧阳修在《六一诗话》中对二人有评价："孟郊、贾岛皆以诗穷至死，而平生犹自喜为穷苦之句"。这一评价虽然指出了孟贾二人诗歌内容上突出的特色，但"自喜为穷苦之句"的说法却为偏颇。翻检贾岛的作品，虽然穷苦之音多，但因穷而自伤之意却极少，更多的是君子固穷的安然，因此这类内容并不妨害贾岛诗歌的格调。对于贾岛来说，贫病的生活虽然令人痛苦，但也让他更深切地体悟到生活、生命的本质，形成了他作品中苦寒凄寂的底色。

第三节　忧喜同心的真挚友情

贾岛一生交游广泛，这从他诗集中占大半的交游诗的数量就可以看出来。他往来的对象有公卿宰辅、边将诸侯，有胥吏令佐、文人雅士，也有僧徒道士、世外隐者，不分显达与卑微，贾岛皆推心置腹，诚挚以待。他把朋友看得极重，曾自言"君子忌苟合，择交如求师"（《送沈秀才下第东归》）。他与朋友以礼义相交，选择朋友如同寻访师长。因此对待朋友，他都忧喜同心，真挚诚恳。

贾岛曾作古诗《不欺》，以表对朋友的态度：

上不欺星辰，下不欺鬼神。知心两如此，然后何所陈。

食鱼味在鲜，食蓼味在辛。掘井须到流，结交须到头。

此语诚不谬，敌君三万秋。

此诗开篇就直言做人应对上不欺天、对下不欺地，光明磊落、心底无私，这样朋友才能与之坦诚相待、无所不言。后又用食鱼与食蓼须食其正味做比喻，指出做人要真实，唯其真实才能表现出本质。而"掘井"的比喻是指交友，应该接触到真实才算有用，而接触到真实亦如掘井，须有见识与坚持。全诗语气铿锵，袒露心迹，直如一篇做人与交友的宣言。

贾岛之所以能在长安坚持二十余年，除了有对作诗的挚爱和仕进的理想做支撑，还因为有朋友们在精神和生活上的支持、帮助与关怀。因此，对自己有教益的同道师友，如韩愈、孟郊、张籍、王建、姚合，他最为珍视和感激，有多篇诗作表现与他们深挚的情谊。

韩愈，是贾岛最重要的师长，他将贾岛带回俗世，又是他文学路上的领路人，还为他积极援引，以助中举，贾岛对他既敬且重。诗集中写给韩愈的作品虽不多，却篇篇情深义重。元和十四年，韩愈因谏迎佛骨而被贬岭南道潮州刺史，后又改授袁州刺史。贾岛作《寄韩潮州愈》，描述韩愈离开长安后二人书信往来的情形，怀想潮州景物，不仅刻画出韩愈倔强的风貌和爽朗的胸襟，也寄寓了恩师的冤屈能被昭雪的希望。元和十五年，韩愈召为国子祭酒，冬暮至京师。贾岛于病中得知此事，欣喜中即作《黄子陂上韩吏部》，以"涕流闻度瘴，病起贺还秦"表达对韩愈归来的喜悦之情。

孟郊，是贾岛极为敬重的文学师长，对其诗歌创作的影响很大。他未还俗时就曾到洛阳拜谒，可惜当时没有见到。后来贾岛作长篇五古《投孟郊》，以求教诲。诗中贾岛自述对诗歌的理解以及自己作诗的狂热之心，然后表达对孟郊的敬仰。"生平面未交，永夕梦辄同。叙诘谁君师，讵言无吾宗。"虽然贾岛还未与孟郊见过面，却感觉神交已久，在心中将他看作自己老师。贾岛还概述孟郊的诗歌特色，十分准确精当，表现出他对孟诗深刻的理解和把握。贾岛还有《寄孟协律》，首二句"我有吊古泣，不泣向路歧"表达自己因感怀古事而哭泣。后有"不惊猛虎啸，难辱君子词"，自言酬东野诗必得要惊动猛虎，方不辱没东野所赠诗文，大有杜甫"语不惊人死不休"的志向。孟郊以五古见长，贾岛在五古的创作上可以看到对孟郊的学习与继承。而且孟郊诗中多有对贫苦生活的表现，与贾岛作品有共同的特色，因此苏轼以"郊寒岛瘦"来肯定他们的这一特点。从贾岛写给孟郊的诗中，可以看出贾岛的敬仰与学习的态度。孟郊去世后，贾岛作《哭孟郊》《吊孟协律》《哭孟东野》以悲悼，既高度评价孟郊的诗歌成就，又为诗人凄凉的身后事而悲伤。三首悼诗语气极悲，可见贾岛对孟郊深厚的感情。

贾岛与姚合的来往最密切，交情最深。二人情意相投，经常诗歌往来，他们的创作对晚唐诗歌影响甚深。贾岛诗集中有十三首与姚合有关的作品，反映了二人交往的情况。贾岛将姚合引为诗歌上的知己，经常与他交流心得与感想。如《重酬姚少府》有"百篇见删罢，一命嗟未及。沧浪愚将还，知音激所习"。贾岛将自己的诗集交与姚合删改，改后发出衷心的感佩。贾岛还认为有姚合这样的知音可以鼓励自己追求自己的志向。还如《酬姚少府》"枯槁彰清镜，屡愚友道书。刊文非不朽，君子自相于"，贾岛向朋友表明心迹，自己屡愚的性格全赖诗书以及姚合诗作的引导，而作诗、整理文稿非为追求立言的不朽，只为了于心有慰。贾岛对姚合的处世和性情也极为欣赏，在诗里也有所体现。如《喜姚郎中自杭州回》，诗人记叙姚合自杭州由水路回京一路的风景，表达对友人归来的喜悦。其中颔联"来去泛流水，翛然适此心"，用《庄子·大宗师》"古之真人，不知说生，不知恶死；其出不欣，其入不距；翛然而往，儵然而来而已矣"，以托出姚合来去无碍的高人境界。还如《宿姚少府北斋》"石溪同夜泛，复此北斋期。鸟绝吏归后，蛩鸣客卧时。锁城凉雨细，开印曙钟迟。忆此漳川岸，如今是别离"写诗人在姚合公署北斋留宿之所见，表现出公署的清幽。诗情韵淡远，颇似姚合情怀。在生活的各个阶段，贾岛都非常看重与姚合的友情，分作两地时常以诗表达想念之情。如《酬姚合》"故人相忆僧来说，杨柳无风蝉满枝"，以"蝉满枝"来对比自己清寂无伴，表达对友人的思念。又如《酬姚合校书》表现别后重逢的情景，其中前两联"因贫行远道，得见旧交游。美酒易倾尽，好诗难卒酬"，表达了诗人得见故人的喜悦。

文宗大和九年（836），"甘露之变"祸起，宦官追捕宰相王涯，诗人卢仝正留宿王涯家中，因而不幸受牵连，被残忍杀害。贾岛悲痛之余作《哭卢仝》以示悼念：

> 贤人无官死，不亲者亦悲。空令古鬼哭，更得新邻比。
>
> 平生四十年，惟著白布衣。天子未辟召，地府谁来追。
>
> 长安有交友，托孤遽弃移。冢侧志石短，文字行参差。
>
> 无钱买松栽，自生蒿草枝。在日赠我文，泪流把读时。
>
> 从兹加敬重，深藏恐遗失。

首两句即表达对卢仝之死的惋惜和悲痛。卢仝少有诗名，却隐居不出，不愿仕进，他的才华与秉性深受贾岛敬重。这样的贤才却没有官职，也是令人可惜，而无辜被害，连不相熟的人听到都会悲伤，何况他亲密的朋友们。"空令""更得"两句，仿杜甫《兵车行》"新鬼烦冤旧鬼哭，天阴雨湿声啾啾"意，替朋友鸣冤。后面四句诗人为卢仝未受朝廷征用而深感不公。卢仝英年早逝，四十年为布衣而未得一官。据《唐才子传》载，"朝廷知其清介之名，凡两备礼征为谏议大夫，不起。"而贾岛诗中说天子未征辟，则当以贾岛的说辞为是。贾岛以"天子"对"地府"，读来触目惊心，蕴含着许多的悲愤在其中。后六句写卢仝的身后事。卢仝将儿女托付给长安的朋友，朋友却背弃所托，令贾岛非常愤怒。而卢仝的葬身之所，也因家境贫寒、无力修葺而显得寒酸凄凉。一代才子最后竟落得如此下场，实在令诗人感到悲伤。诗的最后，诗人直接表达了对卢仝的敬重。"在日赠我文，泪流把读时。从兹加敬重，深藏恐遗失。"昔日与卢仝多是文字的交往，而如今重读文章，诗人更加感怀的是卢仝的品格和人格魅力，因此他表示要珍重地收藏永不遗失。全诗以情贯穿始终，而贾岛为卢仝的遭遇传递出来的态度也说明了他的节操和品格。

贾岛以"掘井须到流，结交须到头"为交友原则，对朋友情谊深笃，始终如一。

如《寄远》：

别肠多郁纡，岂能肥肌肤。始知相结密，不及相结疏。

疏别恨应少，密离恨难祛。门前南流水，中有北飞鱼。

鱼飞向北海，可以寄远书。不惜寄远书，故人今在无。

况此数尺身，阻彼万里途。自非日月光，难以知子躯。

此诗写的是与友人别后的思念。前六句写别后的思慕之情。首二句说因离别后的惆怅忧郁，竟致他身体消瘦憔悴。接下来四句，诗人使用了反语，表达对友情的渴望，以点明题目中的寄远之意：早知道我们的关系如此密切，还不如当初关系疏离；疏远的关系不会为分别而产生离恨，而关系密切的人离恨难以消除。再接下来的飞鱼句，意出蔡邕《饮马长城窟行》"客从远方来，遗我双鲤鱼。呼儿烹鲤鱼，中有尺素书"，表达以书信向友人传递思念之情。最后一段诗人担心虽有书信可送，但不知朋友是否还在。因为离别已久，书信难通，有这种担心也是正常。诗人恨不能以日月之光去照察远方才能一解相思，只可惜自己不是日月，相思也无从慰藉。诗人用意深远曲折，表达了对友人深厚的情谊。

又如《喜雍陶至》：

今朝笑语同，几日百忧中。鸟度剑门静，蛮归泸水空。

步霜吟菊畔，待月坐林东。且莫孤此兴，勿论穷与通。

大和三年（827），秀才雍陶归蜀，适逢西南夷侵扰成都，得知此事的贾岛很为朋友的安危担心。不久夷人退去，雍陶也安然返京，贾岛特意赋诗以表欢迎。诗人用倒叙手法，从眼前笑语欢聚的场景回想起前些日子的百般担忧，表达对友人平安归来的庆幸和欣慰。"吟菊""待月"极写欢聚的美好，颇有劫后余生的兴味。因此，诗人在最后建议大家尽情享受重逢的喜悦与快乐，不要因谈论世事的得失而破坏了心情。

又如《寄刘栖楚》：

趋走与偃卧，去就自殊分。当窗一重树，上有万里云。

离披不相顾，仿佛类人群。友生去更远，来书绝如焚。

蝉吟我为听，我歌蝉岂闻。岁暮傥旋归，晤言桂氛氲。

贾岛与刘栖楚的结交，当是因贾岛冥思苦吟、心无旁骛而无意冲撞了刘。王定保《唐摭言》记载："贾岛骑驴吟'落叶满长安'之句，唐突京兆尹刘栖楚，被系一夕，始释。"两人一为朝廷命官，一为布衣平民，身份地位差别悬殊，但贾岛对刘不卑不亢，以朋友的态度知心相交。诗的前两句就明说了两人的处境悬殊，趋走为逐名利，而偃卧则避世俗，自然殊途。诗人又以云与树做比喻，云高万里而重树离披，就好像人与人之间悬殊的地位差距。可是即便如此，诗人重视的是朋友间的友情，因此他仍深切地关注朋友的信息。刘栖楚做官越走越远，很久没有书信传来，让诗人十分惦记，忧心如焚。"蝉吟"两句表明诗人孤寂，唯有鸣蝉相伴，以映衬其渴望晤面的殷切。最后他还拟想当刘栖楚归来时，两人见面叙谈温馨可人的气氛。此诗言语殷殷，情意真切。

贾岛对地位悬殊之人尚引为知己，对其他无权无势的朋友也同样珍视。如《寄丘儒》：

地近轻数见，地远重一面。一面如何重，重甚珍宝片。

自经失欢笑，几度腾霜霰。此心镇悬悬，天象固回转。

长安秋风高，子在东甸县。仪形信寂蔑，风雨岂乖间。

凭人报消息，何易凭笔砚。俱不尽我心，终须对君宴。

因与丘儒相距遥远，见面不易，诗人把难得的相会视若珍宝，真乃暖心动人之语。接下来语带寒苦地叙说别后情形。自上次阔别后，诗人就失去了欢笑，数年里清冷凄寂，而内心始终牵挂着友人。现在友人你身在东甸，距我仍然遥远，我依然感到寂寞，而这寂寞与秋日里的风雨无关。最后四句，诗人又层层将这思念递进。他先化用岑参《逢入京使》"马上相逢无纸笔，凭君传语报平安"句，反其意而用之，言说传语不如传书信，书信更能将思念悉数表达；而最后又否定了传信，"俱不尽我心，终须对君宴"，唯有晤面才能慰藉深重的别情。诗人情思婉转，将对友人的思念娓娓道来，十分真切感人。

贾岛本人屡试不第，深知仕进求官的酸辛苦楚，因此对与他经历相似、沉沦失意的友人极为关心。如《送友人之南陵》中，见友人因贬官而意气消沉，贾岛以诗句好言劝慰："莫叹徒劳向宦途，不群气岸有谁如。南陵暂掌仇香印，北阙终行贾谊书。"他将友人比做贾谊，鼓励他不要因为暂时的挫折而对宦途产生退避之心，祝福他最终会被朝廷发掘重用。

对成功登第的友人，贾岛会由衷地为他们高兴。如李徐于长庆三年中举，之后回乡探亲，贾岛作《送李徐及第归蜀》送别，以"知音伸久屈，勤省去光辉"对他表示由衷的祝贺。

贾岛与僧侣交游广泛，这显然与他早年的佛门生活有关，虽然已经还俗，但仍与佛门之人十分亲近。从他的诗集中可以看到，上至高僧大德，下至一般僧人，贾岛皆有交往，且情深意厚。

柏岩、宗密等高僧去世，贾岛都有诗作悼念。如《哭柏岩禅师》：

苔覆石床新，师曾占几春。写留行道影，焚却坐禅身。

塔院关松雪，经房锁隙尘。自嫌双泪下，不是解空人。

诗人看到禅师曾经坐卧的石床，拟想它物旧人去的情形，表达了睹物思人之意。写禅师尸身火化的两句，有诗家认为语句不妥。欧阳修在《六一诗话》中评："诗人贪求好句，而理有不通，亦语病也。如贾岛《哭僧》云：'写留行道影，焚却坐禅身'，时谓烧杀活和尚，此尤可笑也。"而方回在《瀛奎律髓汇评》中说："欧公谓第四句似烧杀活和尚，诚亦可议，然诗格自好。"仔细品读，诗人是想表达高僧虽已化度，但高德仍在人间之意。"塔院""经房"句状写人去楼空的清寂，令人不胜唏嘘。诗的最后以"双泪下"点出"哭"字，悲伤于禅师的离去。"解空人"，是指自己未能消除烦恼障。《楞严经》云："觉身为障，消碍为空。"贾岛修佛多年，自是深谙佛理，早应参透生死、消除烦恼，可他仍为禅师流泪，表明贾岛对禅师深挚的感情。

第四节 复杂彷徨的心事情怀

贾岛对个人情怀表现甚多，他的诗作完整地记录了他一生的心路历程。当他离开佛门、毅然投身尘世时，心中有着强烈的自信和对未来之路的忐忑与担忧；当屡屡受挫、功名无望之时，他又陷入了老大无成的惶恐与沮丧中。继续追求仕进还是归隐江湖，贾岛后半生一直在矛盾中纠结，在佛与儒的思想中不断进出，在进与退的人生选择中彷徨失据。贾岛曾自言"此心非一事，书札若为传"（《旅游》），本节即全面总结贾岛诗中表现的心事情怀。

当贾岛还是僧无本的时候，就积极地向韩愈、张籍、孟郊投诗，后来在韩愈的鼓励下还俗，元和六年来到长安，毅然踏上了艰辛的求举仕进之路。初入长安时，贾岛有过焦虑与怀疑，《古意》就表达了他的担心：

碌碌复碌碌，百年双转毂。志士终夜心，良马白日足。

俱为不等闲，谁是知音目。眼中两行泪，曾吊三献玉。

贾岛返回俗世已经 34 岁，早过而立之年，不论求举还是建立功业都时间紧迫，这让他夜夜难安，焦虑不已。而且他在长安举目无亲，更没有可靠的社会关系，能否遇到赏识自己的知音是最大的难题，他绝不希望自己重演卞和三献玉的悲剧。

苏绛《墓志铭》云，"公长材间气，超卓挺生，六经百氏，无不该览"。有如此深厚的诗书功底，贾岛还是意气风发，对自己充满自信的，《剑客》充分地表现了他的心意：

十年磨一剑，霜刃未曾试。今日把示君，谁有不平事？

剑为百兵之首，号称"兵中君子"，也是古典诗歌中常见的意象。首句中将"十"与"一"对举，以十年时间磨砺而成的宝剑，说明了剑的非同一般，从侧面反映了剑客武功的超绝。次句中"霜刃未曾试"，写宝剑的锋芒。"霜刃"，利刃如霜，寒光闪闪，摄人心魄。"未曾试"，说明有待一试，而有多大的威力，实难估量。诗写至此，已经通过剑表达出诗人对自己能力的自信。后两句，剑客把剑试问，有谁做了非正义的事情？一位路见不平、嫉恶如仇的侠义之士的形象跃然纸上，其急欲施展才华、锄奸济世的壮志雄心也感人肺腑。吴敬夫对此诗评曰："遍读《刺客列传》，不如此二十字惊心动魄之声"。《诗法易简录》赞其"豪爽之气，溢于行间"。诗中的剑客就是诗人自己的写照，他借以抒发了自己多年苦读、磨砺才干、欲以伸展的远大抱负。

还如《易州登龙兴寺楼望郡北高峰》。诗人在前三联中描写登高远望群山的意趣，最后一联转而抒写怀抱，"何时一登陟，万物皆下顾"。何时能登临最高处，让万物都在我的下方？大有"会当凌绝顶，一览众山小"的气度，展现了诗人意气勃发的英姿。

在追求理想上，贾岛以荆轲为自己的行为榜样，在《易水怀古》中表达了对荆轲的敬意和推崇：

荆卿重虚死，节烈书前史。我叹方寸心，谁论一时事？

至今易水桥，寒风分萧萧。易水流得尽，荆卿名不消。

在贾岛心目中，荆轲代表着为名节而不惜生命的高士，在他高贵的气节面前，成功与否已经并不重要，因此贾岛感慨"我叹方寸心，谁论一时事"。荆轲已逝，但荆轲的精神仍然激励着诗人保持着进取之心，即便明知前方有痛苦，有失败，也仍义无反顾。

贾岛还在一些寄赠诗中表达过自己的进取之心和建功立业之志。如《代边将》：

持戈簇边日，战罢浮云收。露草泣寒霄，夜泉鸣陇头。

三尺握中铁，气冲星斗牛。报国不拘贵，愤将平虏雠。

诗人自拟乐府诗题，通过一个在荒凉寒冷的边地保家卫国的将领的形象，表达了自己的爱国之情。"报国不拘贵，愤将平虏雠"言报国不分贵贱，立志要消灭敌人，与"国家兴亡，匹夫有责"异曲同工。全诗跌宕起伏，充满悲愤激昂之气，末联点明题意，颇有曹孟德《龟虽寿》的气概。

贾岛在多篇借用乐府古题的作品中都表达了自己渴望建功立业的豪情。如"旧事说如梦，谁当信老夫？战场几处在，部曲一人无。落日收病马，晴天晒阵图。扰希圣朝用，自摄白说须"（《代旧将》），"胆壮乱须白，金疮蠹百骸。旌旗犹人梦，歌舞不开怀。燕雀来鹰架，尘埃满箭靫。自夸勋业重，开府是官阶"（《老将》），"几岁阻干戈，今朝劝酒歌。羡君无白发，走马过黄河。旧宅兵烧尽，新宫日奏多。妖星还有角，数尺铁重磨"（《逢旧识》）等。

有积极强烈的进取精神的支撑，即便在现实生活中面临着诸多的困难，贾岛仍不堕青云之志。在长安生活期间，贾岛几乎没有生活来源，经常忍饥挨饿，又身体多病，他多篇诗作中都描写过自己生活的窘境。而且他还没有可靠的社会关系为仕进之路助力，《重酬姚少府》中"仆本胡为者，衔肩贡客集。茫然九州内，譬如一锥立"就是这种孤立无援的境地的真实写照。但是他仍为心中的理想而甘愿忍受生活的苦难，如《枕上吟》中"夜长忆白日，枕上吟千诗。何当苦寒气，忽被东风吹。冰开鱼龙别，天波殊路歧"，以吟诗消遣漫长而寒冷的冬夜，希冀着如东风一样的机运，使自己鱼跃成龙。

在与友人交往的诗作中，他也经常表达自己坚定的进取之心，与朋友相互勉励。如《题刘华书斋》中，"终南同往意，赵北独游身"表明贾岛虽与友人都向往归隐，但他仍选择为理想而独游；以"机清公干族，也莫卧漳滨"劝勉朋友身为名门之后，更不能放弃功名理想。对心生退意的朋友，贾岛也殷勤地劝告"江湖心自切，未可挂头巾"（《过唐校书书斋》）。此时的贾岛，对待归隐持有坚决反对的态度，多次表达"不曾离隐处，哪得世人知"（《山中道人》），"却笑陶元亮，何须忆醉眠"（《送南康姚明府》），"却笑巢由辈，何须隐白云"（《易州过郝逸人居》）。《卧疾走笔酬韩愈书问》最能代表他此时的心意：

一卧三四旬，数书惟独君。愿为出海月，不作归山云。

身上衣频寄，瓯中物亦分。欲知强健否，病鹤未离群。

诗中首联与颔联描述自己穷病交困的处境，并为韩愈此时的问候与接济表达感激之意。在这样困难的处境下，是否还能不改初衷、坚持自己的理想，这是韩愈在书信中对贾岛发出的疑问，也应是贾岛时时的自问。对此，贾岛表示"愿为出海月，不作归山云"，即便身体多病，也要"病鹤不离群"。

但是，贾岛"日日攻诗亦自强，年年供应在名场"（姚合《送贾岛及钟浑》）的努力，最终化为"应怜独向名场苦，曾十馀年浪度春"（《赠翰林》）。多年不第与生活的困苦，让诗人陷入了彷徨矛盾之中。他常常因不第而黯然神伤。如"座上同声半先达，名山独入此心来"（《夜集乌行中所居》），看到身边的朋友大都功成名就时，贾岛心中惭愧，不由得想要归隐名山。又如"有耻长为客，无成又入关。何时临涧柳，吾党共来攀"（《石门陂留辞从叔谟》），贾岛既为自己久试不第而自卑，又心怀希望，渴望成功。

此时的贾岛时而仍对自己有几分自信、对功业抱有希望。如"会自东浮去，将何欲致君"（《夕思》）中，贾岛仍放不下"致君尧舜上"的理想。"世难那堪恨旅游，龙钟更是对穷秋。故园千里数行泪，邻杵一声终夜愁。月到寒窗空皓晶，风翻落叶更飕飗。此心不向常人说，倚识平津万户侯"（《上谷旅夜》）中，虽然自己已经年老多病，时刻被老大无成、思乡离恨的情绪折磨，但心中仍存有成就功业的愿望。但有时诗人的思想又转向另一极端，想要放弃尘世的追求，归隐江湖，如"莫话五湖事，令人心欲狂"（《赠僧》），"若无攀桂分，只是卧云休"（《青门里作》），"倘无世上怀，去偃松下石"（《感秋》）。在他心灰意冷之时，更加亲近佛门，希冀从中得到心灵的慰藉，如"谁能平此恨，岂是北宗人"（《新年》），"见僧心暂静，从俗事多迍"（《落第东归逢僧伯阳》），"欲别尘中苦，愿师贻一言"（《题竹谷上人院》），表达出唯有禅宗能够帮助诗人脱离尘世之苦。贾岛在进与退的矛盾中彷徨苦闷，不知如何抉择，这种思想上的困境也代表了唐代寒士功名无成之时典型的心理状态。

到了晚年，虽然最终出任了官职，但贾岛的功名之心彻底消退，内心里已经全无欲望。《让纠曹上乐使君》表明了他此时的心态：

战战复兢兢，犹如履薄冰。虽然叨一掾，还似说三乘。

瓶汲南溪水，书来北岳僧。戆愚兼抱疾，权纪不相应。

贾岛任长江县主簿期满后，普州刺史乐君有意让贾岛任纠曹，贾岛辞让之下，后任普州司仓参军，此诗即为贾岛辞让任命而作。首联中诗人用《诗经·小雅·小旻》"战战兢兢，如临深渊，如履薄冰"句意，表达自己做主簿一职即为勉强不安，实在不堪大用。这虽为谦辞，但也是贾岛真实的为官心态。颔联和颈联中，贾岛言说自己虽为官员，但志向追求都在佛门，已不在宦游中。最后的尾联又以自己性情憨直、不善应对以及身体多病为由，不能胜任纠曹之职。当年贾岛离开佛门，多年来汲汲以求的就是为官之用，可是当他真正有所体会后，仕途的险恶与为官后惊惧不安的心态又让他放弃职位上的发展，甘愿在宦海中随波逐流。面对这样的结果，贾岛在晚年回顾自己的人生时，不由得发出"梦幻将泡影，浮生事只如"（《寄令狐相公》）的感叹。

第三章　贾岛诗歌的艺术风格

第一节　"精奇见浪仙""诗僻降今古"之奇僻

对贾岛诗作，历来诸多诗家有"奇僻"的评价。如晚唐僧人可止《哭贾岛》诗云"诗僻降今古，官卑误子孙"，此为贾岛诗"奇僻"说的缘起。齐己《还黄平素秀才卷》云"冷澹闻姚监，精奇见浪仙"，许印芳《诗法萃编》中云"避千门万户之广衢，走羊肠仄径之鸟道，志在独开生面，遂成偏涩一体"。朱彝尊也曾评价"浪仙诗虽尚奇怪，然稍落苦僻一路"①。唐张为在《诗人主客图》中将贾岛列为"清奇雅正主"之升堂，清李怀民在论及晚唐二派诗时将贾岛尊为"清真僻苦主②"，二人都分别认识到了贾岛诗歌的"奇"与"僻"的特色。

贾岛诗歌风格的形成，与他所处的中唐时期的文学状况有很大关系。贞元元和年间，中唐诗歌重新走向繁荣，涌动着求新求变的潮流。这个潮流中，一面是元稹、白居易、张籍、王建、李绅等人尚实、尚俗、务尽的诗歌主张，一方面是韩愈、孟郊、卢仝等人尚怪奇、重主观的诗歌主张。贾岛深受韩孟诗歌

---

① [唐] 韩愈著，钱仲联集释《韩昌黎诗系年集释》(卷七)，上海古籍出版社，1984。
② [清] 李怀民《重订中晚唐主客图》，清咸丰甲寅四年（1854）赵子绳补刊李氏重修刻本。

主张的影响，在其好奇、尚怪的基础上结合自身的特点，形成独具一格的风格。因与元白诗风有着明显的差异，自唐以来诗论家普遍认为贾岛诗歌的出现，起到了矫正元白轻浅诗风的作用。如《唐摭言·无官受黜》云："贾阆仙名岛，元和中，元、白尚轻浅，岛独变格入僻，以矫浮艳。"卢文弨《题贾长江诗集后》云，"长江诗虽不合雅奏，然尚有古意，读之可以矫熟媚绮靡之习。"

贾岛奇僻诗风的形成，有诗家认为是深受杜甫诗风的影响。如宋人孙仅在《读杜工部诗集序》中说："公（杜甫）之诗，支而为六家：孟郊得其气焰，张籍得其简丽，姚合得其清雅，贾岛得其奇僻，杜牧、薛能得其豪健，陆龟蒙得其赡博，皆出公之奇偏尔，尚轩轩然自号一家，燃世煊俗"①。杜甫诗歌艺术成就全面，为中晚唐各家诗风开启了无数法门。"奇僻"为其一偏，贾岛学而善变，最终成就独具风格的一家风貌。

贾岛的奇僻，首先表现在诗歌意象的选择上。贾岛非常着意于对琐屑幽微乃至怪奇之物的描绘，翻检他的诗集，随处可见荒岸、穴蚁、藏蝉、废馆、秋萤、寒草、行鸿等寻常诗人极少入诗的意象。

贾岛的奇僻与贾岛深受禅宗思想的浸润有关。贾岛早年为僧，即使还俗后也经常出入禅院、寺庙，与高僧、法师、上人有来往，可以说禅宗的思想对他的影响贯穿一生。他以佛家的思维方式观照世界，在贫穷困苦、失意彷徨的时候，以此来摆脱现实的困顿，寻求精神上的超脱。因此闻一多说贾岛，"早年的经验使他在那荒凉得几乎狞恶的'时代相'面前，不变色，也不伤心，只感着一种亲切、融洽而已。于是他爱静，爱瘦，爱冷，也爱这些情调的象征——鹤、石、冰、雪。爱深夜过于黄昏"②。贾岛在长安二十余年贫寒失意的生活经历，也是形成他意象特点的原因。贾岛表现他苦寒生活的意象是他作品中最鲜明的内容。德国学者迦达默尔说过："如果某个东西不仅被经历过，而且他的经历存在还获得一种自身具有继续存在意义的特征，那么这东西就属于体验，以这种方式成为体验的东西，在艺术表现里就完全获得一种

---

① 仇兆鳌《杜诗详注》，中华书局，1979。
② 闻一多《唐诗杂论·贾岛》，上海古籍出版社，1998。

新的存在方式"[1]。

　　贾岛选择的意象，基本都是常见事物，但他表现的是这些事物衰败病残怪、为人所不喜的状态，如破阶、怪禽、枯株、羸马、树瘤等。或者是人们很少接触、不易亲近的事物，如蛇、虫。贾岛能敏锐地捕捉到这些意象与他特定的心绪或境遇相契合之处，因此用在诗中传递深幽的情感。

　　比如《旅游》"空巢霜叶落，疏牖水萤穿"中，诗人用"空巢""水萤"表达故国旧人不在的凄凉。"空巢"指鸟离开不归留下的鸟巢，意指旧人不在只留下空荡荡的住宅。"水萤"在门窗中飞来飞去，更突出人去楼空的氛围，显得格外凄清寂寞。

　　又如《暮过山村》"怪禽啼旷野，落日恐行人"中的"怪禽"，指不认识的禽鸟。天色将晚，诗人在旷野中赶路，心中充满着对陌生环境的不安，不知名鸟儿的鸣叫回荡在旷野，倍添恐慌的气氛。

　　又如《早行》"主人灯下别，羸马暗中行"的"羸马"，以马的瘦弱意指自己家景贫寒。

　　又如《题长江》"归吏封宵钥，行蛇入古桐"中的"行蛇"。贾岛任职的长江县属西南地区，蛇为当地所常见，一般都避人而居。每当晚上官署锁门后，蛇都可以在内出入，可知官署无人，格外冷清。

　　又如《泥阳馆》"废馆秋萤出，空城寒雨来"。"废馆"，破旧的旅舍；"秋萤"，天凉时候出来的飞虫；"空城"，因没有相识而显得空荡陌生的地方。诗前联已经点出客愁，此联中又在废馆秋萤里遇到空城寒雨，令客愁更添一层。

　　蝉是贾岛诗中常见的意象。蝉餐风饮露，在人们心中是高洁品质的象征，蝉的鸣叫又通常给人们以凄苦无助的感觉，因此贾岛在这个形象中常常融入自己的身世之感和情怀。

　　如《早蝉》："早蝉孤抱芳槐叶，噪向残阳意度秋。也任一声催我老，堪听两耳畏吟休。得非下第无高韵，须是青山隐白头。若问此心嗟叹否，天人不可怨而尤。"在诗人的耳中，蝉鸣好像诗人自己寂寞的低唱，特别能打动人心。蝉鸣好像在提醒诗人老大无成的困惑与失意，他害怕听到，又害怕听不

---

①童庆炳，程正民《文艺心理学》，高等教育出版社，2003。

到。他将蝉鸣的凄凉与自己下第的无高韵等同起来，表达同病相怜之感。因此，贾岛诗中的蝉不再是个客观存在，而是他个人形象的一个体现，代他传递心声。

贾岛的奇僻，还体现在苦吟作诗上。贾岛追求炼字、用词上的精到，这是最能体现他苦吟用力的地方。贾岛以"文采非寻常，志愿期卓立"（《送汲鹏》）为艺术追求，将诗歌视为生命，进行着精思苦吟。他自言"一日不作诗，心源如废井"（《戏赠友人》），"吟安一个字，乃须半宿寒"，甚至常常经年方得偶句，"二句三年得，一吟双泪流"（《题后诗》）。

贾岛苦吟炼字，最有名的就是"推敲"诗案。贾岛作《题李凝幽居》，"闲居少邻并，草径入荒园。鸟宿池边树，僧敲月下门。过桥分野色，移石动云根。暂去还来此，幽期不负言。"三四句中"僧敲月下门"，贾岛对"推"或"敲"拿捏不定时，由韩愈认定"敲"字为佳，这一定论历来诗论中也无异议。但是朱光潜先生对此有不同看法："比较起来，'敲'的空气没有'推'那么冷寂。就上句'鸟宿池边树'看来，'推'似乎比'敲'更调和些。'推'可以无声，'敲'不免剥啄有声，惊起了宿鸟，打破了岑寂，也似乎平添了搅扰。所以我很怀疑韩愈的修改是否真如古今所称赏的那么妥当。究竟哪一种意境是贾岛当时在心里玩索而要表现的，只有他自己知道。如果他想到'推'而下'敲'字，或是想到'敲'而下'推'字，我认为那是不可能的事。所以问题不在'推'字和'敲'字哪一个比较恰当，而是哪一种境界是他当时所要说的而且与全诗调和的。在文字推敲，骨子里实在是在思想感情上'推敲'"①。这个分析跳出前人的窠臼，脱离了文字上的纠缠，而专从诗人想要营造意境的用心上体会评判，应该是更正确的做法。而如此看来，贾岛这段文学佳话实际并不算推敲炼字的成功案例。

但是贾岛诗思刻苦，反复精研推敲，诗中还是多有炼字的佳处，可谓下字无失、精当高妙。如《送唐环归敷水庄》"松径僧寻药，沙泉鹤见鱼"两句，写僧寻药如同鹤见鱼般自在。清李怀民在《重订中晚唐诗主客图》中评论"'寻'字'见'字，皆极平常字，然二句传神入妙，却全在此二字"。又如《升

---

①朱光潜《朱光潜美学文学论文选集》，人民文学出版社，1998。

道精舍南台对月寄姚合》"出逢危叶落,静看众峰疏"句。时值深秋,高树叶落,因而远山显得萧瑟疏落。"逢""静"表示出两句的因果关系,因此李怀民评二字"有神理"。又如《王侍御南原庄》"峰头盘一径,原下注双河"写南原庄的景色,"盘"字表现出山径蜿蜒而上的形态,凝练有力。

贾岛善于选择精准的字眼,有"置一字如关门之键"[①]的效果,很令诗家欣赏。宋僧保暹《处囊诀》在"诗有眼"的论述中即举贾岛为例:"贾生《逢僧》诗:'天上中秋月,人间半世灯'。'灯'字乃是眼也。又诗:'鸟宿池边树,僧敲月下门。''敲'字乃是眼也。又诗:'过桥分野色,移石动云根。''分'字乃是眼也"[②]。

贾岛作诗构思奇特,常有跳出一般思维的表达,须细细体味后方能领会诗人的幽思。

如《送李骑曹》:"归骑双旌远,欢生此别中。萧关分碛路,嘶马背寒鸿。朔色晴天北,河源落日东。贺兰山顶草,时动卷帆风。"诗中颈联历来为人所称道,但同时其中看似不合理的景色描写也引起了争议。李怀民认为"'朔色晴天北,河源落日东',无此奇笔,如何匠得塞垣景出。此与王右丞'大漠孤烟直,长河落日圆'有正变之分,而发难显则同"[③]。纪昀评为"此解甚谬,上句又如何解?"方回的解释是,"此诗谓'嘶马背寒鸿',则雁南向而人北去,又谓'河源落日东',河源当在西。今返在落日之东,则身过河源又远矣。所谓贺兰山,盖回绝之地也"[④]。方回的解释比较合理,"寒鸿"是指南飞的鸿雁,人与鸿雁相背,即表明人望北而行。"朔色晴天北"中,朔色为边塞之色。诗人所在之处,晴天万里不见朔色,以表明友人出行之远。"河源"是指黄河的发源之地,在人们心目中为极西之地,而今反在落日之东,可知人至过极西更远处。这三处都是运用了衬托的方法,按一般的表达,颈联应写成"朔色晴天北,河源落日西",上下两句结构一致,意思相同,既表明了友人出游之地的远,也不会引出歧义。但是诗人故意用奇思,表达出友人所去之地之远

---

①[宋]黄庭坚《跋高子勉诗》,《豫章文集》卷二十六。
②张伯伟《全唐五代诗格汇考》,江苏古籍出版社,2002。
③[唐]李怀民《重订中晚唐诗主客图》。
④[元]方回《瀛奎律髓汇评》,上海古籍出版社,1986。

超出人们一般的认识，以传递出诗人对友人离去的不舍之情。诗思之幽僻，此联最能为代表。

又如《明月山怀独孤崇鱼琢》中四句"乡本北岳外，悔恨东夷深。愿缩地脉还，岂待天恩临。"遂州长江县境内有明月山，因而此诗当为贾岛任长江县主簿期间所作，诗中表达了对始终未能归去的家乡的思念之情。"乡本北岳外，悔恨东夷深"直写对家乡的渴念。贾岛困守长安，终不中一第，他常把其中的失意悲愤与悔恨之情化作对家乡的怀想和思念，现在终于得以为官，但依旧离家千里，不能衣锦还乡以告慰家人，诗人深以为恨。因此诗人竟然产生了奇异的念头，"愿缩地脉还，岂待天恩临"，希望地脉缩短千里之遥的距离，使自己立刻回到家乡，而不用等皇帝的恩准。真乃奇思妙想也。

又如《寄贺兰朋吉》"往往东林下，花香似火焚"。对句中以燃烧的火焰比喻浓郁的花香，用视觉上的热烈与嗅觉上的浓重相比对，形成奇异形象的效果。又如《上乐使君救康成公》"千根池里藕，一朵火中花"，以同样的通感手法，用明亮的火光比喻鲜艳的花色，以动衬静，给人以蓬勃欲出的生机与活力。

但有时由于贾岛诗思过于幽僻，令人难以理解，作品反成败笔。如《哭柏岩禅师》中"写留行道影，焚却坐禅身"。本意为表现禅师虽然离世，但身影犹在，精神犹存，以表达对禅师深沉的怀念。但是对句"焚却坐禅身"缺少必要的衔接，反而弄巧成拙。欧阳修《六一诗话》讥评曰："诗人贪求好句，而理有不通，亦语病也。如贾岛《哭僧》云："写留行道影，焚却坐禅身"，时谓烧杀活和尚，此尤可笑也。"

贾岛的奇僻，还体现在句式的运用上。他为避免诗句的平铺直叙，常采用倒置法、因果句等，使句式曲折奇警，耐人寻味。

倒置法，又称"倒剌法"，是指为了强调、突出某种情感和意义，加强意象的鲜明性，或为了声律的和谐，而将诗句中的语序颠倒置换。"在汉语中，一般情况下主语在谓语前面，述语在宾语前面，定语、状语在中心语前面。这种次序颠倒了，就是倒置"①。胡震亨在《唐音癸签》举例说："叠字为句，

---

①蒋绍愚《唐诗语言研究》，中州古籍出版社，1990。

不过合者析之。顺者倒之，便成法。如'委波金不定'，合者析之也。本言'草碧'，却云'碧知湖外草'；本言'獭趁鱼而喧'，却言'溪喧獭趁鱼'，所谓顺者倒之也。"惠洪认为倒置的效果，"以事不错综，则不成文章"[①]。

杜甫善于使用倒置法，写出大量倒置的句子，为后代诗家提供了学习借鉴的范例。如《秋兴八首》中的"香稻啄余鹦鹉粒，碧梧栖老凤凰枝"，是妙用倒置的典范。正常的语序应为"鹦鹉啄余香稻粒，凤凰栖老碧梧枝"，诗人将宾语前置，突出了香稻粒的宝贵和碧梧枝的美，句法新奇，构思新颖，也富于美感。

其他还如《郑驸马宅宴洞中》"春酒杯浓琥珀薄，冰浆碗碧玛瑙寒"，《晓望白帝城盐山》"翠深开断壁，红远结飞楼"，《陪郑广文游何将军山林十首》其五"绿垂风折笋，红绽雨肥梅"等。杜甫故意颠倒词句，不仅使音律和谐，还增强了表达效果，被诗家评为"爽健"[②]，"得化腐为新之法"[③]。

贾岛师承杜甫，并进一步使句法细致和多样。如《寄山友长孙栖峤》"鹤似君无事，风吹雨遍山。""鹤似君"实为君似鹤，以鹤比喻主人品格清雅高洁。但贾岛故意颠倒，将鹤比君，比君似鹤更多几分物我两忘的意蕴，可见其炼句的苦心。李怀民评曰"不曰君似鹤，而曰鹤似君，加一倍写乃愈高。第三句奇妙，得未曾有，却止以寻常语对之。试去合看，无奇非奇，即无常非奇也"[④]。陆时雍也称赞"三四琢极自然，上句倒装得妙"[⑤]。

又如《题朱庆馀所居》后两联"树来沙岸鸟，窗度雪楼钟。每忆江中屿，更看城上峰"。前联写居所景物，树林深幽，引得鸟儿飞来栖息，邻近寺庙因而能听到庙里的钟声。诗句的正序应为"沙岸鸟来树，雪楼钟度窗"，但为突出环境的清幽，贾岛将树与窗置于句首，意义表达得委曲有味。后联应为"每看城上峰，更忆江中屿"，意为每看到长安城南的终南山峰，主人便会回忆起故乡江中的小岛。如果顺序而写，诗意平平，倒置则显得奇峭，耐人寻味。

①惠洪《冷斋诗话》。

②孙奕《履斋示编》，《宋诗话全编》（第六册），江苏古籍出版社，1998。

③仇兆鳌《杜诗详注》，中华书局，1979。

④李怀民《重订中晚唐诗主客图》。

⑤陆时雍《唐诗镜》。

又如《寄慈恩寺郁上人》"露寒鸠宿竹，鸿过月圆钟"。对句与出句不对，如使"露"与"月""坞"与"鸿""宿"与"过""寒"与"圆"各自相对，则诗句顺序应为"露寒坞宿竹，月圆鸿过钟"。

又如《送朱休归剑南》"芽新抽雪茗，枝重集猿枫"。此联写蜀地风情，刚从雪中抽枝发芽，茶叶的嫩叶很新鲜；猴子聚集在枫树上，枝条不堪其重，因而下垂。景物本无新奇之处，正常的语序为"抽雪茗芽新，集猿枫枝重"，但贾岛利用倒置法将因果对调，需细品才知，十分有趣。

许学夷认为贾岛诗句具有奇僻的特点，评价时所举之例就多为倒置句："贾岛五言律，……句多奇僻，即变体，不可为法，如'野水吟秋断，空山暮影斜''磬通多叶罅，月离片云棱''凌结浮萍水，雪和衰柳风''松生师坐石，潭涤祖传盂''西殿宵灯磬，东林曙雨风''绝雀林藏鹘，无人境有猿''井凿山含月，风吹磬出林''明晓日初一，今年月又三''芽新抽雪茗，枝重集猿枫''露寒鸠宿雨，鸿过月圆钟'等句，最为奇僻"①。倒置句正确适当使用，能使音律更为和谐，对仗工整，还能打破常规思维的局限，使语意表达更为曲折别致，产生与众不同的审美效果。但是使用过多，也会影响诗意的浑成，对表达也会造成妨害。吴乔在《围炉诗话》中就指出："（贾岛）好用倒句，又是一病"，批评贾岛因过多使用倒置句而致病之弊。

第二节 "五字诗成卷，清新韵具偕"之清新

清人焦袁熹有《答钓滩书》一文，收录在中国社会科学院文学研究所藏《此木轩文集》稿本中，文中作者首次提出，"清"是中晚唐诗的美学精神所在："愚尝得观唐人之作，盛唐以上，意象玄浑，难以迹求；至中晚而其迹大显矣。一言以蔽之，其惟清乎。"贾岛的诗歌可以看作是这种美学精神的典型

---

①许学夷《诗源辨体》，人民文学出版社，1987。

体现。

历代诗家对贾岛的诗歌，都有"清"的评价。唐张为在《诗人主客图》中将"清"摆在"清奇雅正"的首要位置，可见对"清"的重视，还将贾岛列为"清奇雅正主"之"升堂者"。李怀民在《重订诗人主客图》中仍沿用前说，奉贾岛为"清奇苦僻主"。苏绛在《贾司仓墓志铭》里高度评价贾岛诗，"所著文篇，不以新句绮靡为意，澹然蹑陶谢之踪。片云独鹤，高步尘表。"胡仔《苕溪渔隐丛话》将贾岛归入"清深闲澹"一路，"为诗欲词格清美，当看鲍照、谢灵运。混成而有正始以来风气，当看渊明。欲清深闲澹，当看韦苏州、柳子厚、孟浩然、王摩诘、贾长江。"晚唐薛能《嘉陵驿见贾岛旧题》中对贾岛有"清绝"的评价："贾子命堪悲，唐人独解诗。左迁今已矣，清绝更无之。毕竟吾犹许，商量众莫疑。嘉陵四十字，一一是天资"。贺裳在《载酒园诗话又编》中云"阆仙五字诗实为清绝"。辛文房在《唐才子传》中评价，"岛难吟，有清冽之风"。顾嶙《批点唐音》中云"浪仙诗清新沈实"。许学夷《诗源辩体》中有"气味清苦"之评，薛雪《一瓢诗话》有"诗骨清峭"等。文人们从各个角度概括了贾岛诗歌"清"的艺术风格和特质。

闻一多在《唐诗杂论》中用通俗简洁的语言指出贾岛与前期和同期诗人作品的不同之处，"初唐的华贵，盛唐的壮丽，以及最近十才子的秀媚，都已腻味了，而且容易引起一种幻灭感。他们需要一点清凉，甚至一点酸涩来换换口味[1]"。

贾岛自己也常常使用"清"来评价其他人和自己的作品。他对其他人的评价，如在《投孟郊》中称赞孟郊的作品"容飘清泠余，自蕴襟抱中"。在《酬胡遇》中评价其诗"游远风涛急，吟清雪月孤"。在《赠友人》中，称赞友人"五字诗成卷，清新韵具偕"。《和刘涵》中赞叹"陶情惜清澹，此意复谁攀"。在《寄姚武功主簿》中有"静棋功奥妙，闲作韵凄清"。

贾岛也以"清"概括自己的诗作风格。如他在《戏赠友人》中云："一日不作诗，心源如废井。……朝来重汲引，依旧得清泠"。《寄孟协律》最后四句"欲酬空觉老，无以堪远持。岩峤倚角窗，王屋悬清思"。由此可见，"清"既是

①闻一多《唐诗杂论·贾岛》，上海古籍出版社，1998。

贾岛自许与诗家公认的风格,也是他和众诗家重视的诗学概念。

贾岛为何以"清"为艺术的追求,有哪些表现?在探讨这些问题之前,有必要先了解"清"的内涵,以及在诗学领域内"清"是如何被认定的。

清的本义是指水清。《说文》中有解释如下,"清,朖也。澂水之貌。从水,青声。"古人很早就在诗文中使用"清",引申出各种意义。如《诗经·国风·郑风·野有蔓草》:"野有蔓草,零露漙兮。有美一人,清扬婉兮。邂逅相遇,适我愿兮。野有蔓草,零露瀼瀼。有美一人,婉如清扬。邂逅相遇,与子偕臧。"这首诗写青年男女在田野间不期而遇,相亲相爱的喜悦之情。其中反复出现的"清扬",是形容女子的眼睛清澄明亮。这个含义就是由水清的本意引申出来,成为形容女性贤淑品貌的用语。在《楚辞·离骚》中有"伏清白以死直兮","清白"用以形容人高洁的品德。

随后,文人开始使用"清"以表现他们的生活趣味和审美趣味,使"清"进入文化领域。在魏晋六朝品评人物的风气中,"清"被频繁地使用,《世说新语》中仅《赏誉》和《品藻》两篇就有 31 处清的使用。清被用来描述人的性格和行为方式,还用来形容人的语言,由此为开端,"清"逐渐与文学批评联系起来。

"清"的内涵是什么?胡应麟在《诗薮》中这样解释:"清者,超凡绝俗之谓"。"绝涧孤峰,长松怪石,竹篱茅舍,老鹤疏梅,一种清气,固自迥绝尘嚣"①。也就是说,"清"是一种超凡绝俗的气质,也是一种幽寒明净的境界。如何能做到"清"?胡应麟认为:"诗最可贵者清,然有格清,有调清,有思清,有才清。才清者,王孟储韦之类是也。若格不清则凡,调不清则冗,思不清则俗。王杨之流利,沈宋之丰蔚,高岑之悲壮,李杜之雄大,其才不可概以清言,其格与调与思,则无不清者。"格、调、思、才都具备,才能成为大家。而做到这些是非常困难、需要天赋才能达到,因此论者都重视"诗以清为主"②,但也认为"诗家清境最难"③。

---

①胡应麟《诗薮》,上海古籍出版社,1979。
②宋咸熙《耐冷谈》,道光九年武林亦西斋刊本。
③贺贻孙《诗筏》。

今人蒋寅先生对"清"的概念的研究比较透彻。他在《大历诗人研究》中，对"清"有初步的理解，认为"'清'是与'浑厚'相对的一种审美趣味，它明快而澹净，有一种透明感，像雨后的桦林、带露的碧荷、水中的梅影、秋日的晴空；也像深涧山泉、密林幽潭，有时会有寒冽逼人的感觉，如柳宗元《小石潭记》所写的让人不可久居。总之，作为风格范畴的'清'，我觉得可以表述为形象鲜明、气质超脱而内涵相对单薄这么一种感觉印象"[1]。随后他在《古典诗学中的"清"概念》对"清"的内涵的分析更加清晰具体。他认为，"清"有五方面的内涵，一是在诗歌语言上明晰省净，二是在气质上超脱尘俗而不委琐，三是立意与艺术表现上戒绝陈熟、力求新异，四是凄冽，五是趣味上的古雅[2]。与古代文论中感受式的描述相比，这个分析是全面而具体的，廓清了"清"在诗学中的具体含义。

"清"的内涵是多样的，根据贾岛诗歌的情况，"清"的风格更准确的概括应为清新，有以下具体的表现。

一是指贾岛在禅宗思想的影响下，构建出充满禅意的静意象，使作品呈现出一种空明澄澈，有超脱凡俗的气质。郭俊在《增订评注唐诗正声》里指出，"浪仙诗闲静自是本色，以有意无意求文，比较厚重耳"。这种闲静是禅意自足的结果。

如《登江亭晚望》：

浩渺浸云根，烟岚没远村。鸟归沙有迹，帆过浪无痕。

望水知柔性，看山欲倦魂。纵情犹未已，回马欲黄昏。

首联中，诗人看到江水茫茫，浩瀚无垠，波涛拍打着岸边的岩石；远山上有雾气流动，山上的村庄都淹没其中，若隐若现。"烟岚"句很有陶渊明《归园田居五首》之一"暧暧远人村，依依墟里烟"的境界。颔联里，鸟儿已经纷纷返巢，但沙滩上仍留有他们的爪迹，江上有船儿划过，但江面上没有留下任何印记。诗人看到鸟儿归去和船帆经过，从已无追想曾有，从既有望见将无，哲学意味十足，很似苏东坡的《和子由渑池怀旧》："人生到处知何似，应似

---

①蒋寅《大历诗人研究》，中华书局，1995。
②蒋寅《古典诗学中"清"的概念》，《中国社会科学》，2000年1期。

飞鸿踏雪泥。泥上偶然留指爪，鸿飞那复计东西。老僧已死成新塔，坏壁无由见旧题。往日崎岖还记否，路长人困塞驴嘶。"后两联，诗人将自己与自然融合一体，沉浸在山水中意绪万千，体悟着寂静中的和谐与生命的跃动。诗人从自然的静谧中进入精神层面的静，深刻思考着对生命本我的领悟。

又如《南斋》：

独自南斋卧，神闲景亦空。有山来枕上，无事到心中。

帘卷侵床月，屏遮入座风。望春春未至，应在海门东。

开篇即破题，点明"卧"，诗人处于静止休息的状态。"神闲景亦空"承接而下，为全篇点题，随后又分作两股，在后两联中加以表现。"有山来枕上，无事在心中"，写卧于枕上，无心之下看到室外山峰，心中无所挂碍，只有空静，此为"神闲"。"帘卷侵床月，屏遮入座风"，写帘幕卷起，月光直接照到床上，屏风能遮挡住山里吹来的风，此为"景空"。最后一联，诗人又从眼前近景转至远处，以眺望春色春未至作结，遥遥带合前意。全诗通体平易，意绪宽闲，纪昀竟以此认定"决是白诗"①。其实细细体味，此诗的宽闲并不等同于白居易的通俗平易。诗人"神闲"而"无事"，因此即使"有山"也觉"景空"，在内心的空明中容纳着偌大的世界，表现了清妙的诗歌意境。

二是指语言上清爽简练，不落俗套。如《送无可上人》：

圭峰霁色新，送此草堂人。麈尾同离寺，蛩鸣暂别亲。

独行潭底影，数息树边身。终有烟霞约，天台作近邻。

此为诗人送从弟无可上人去圭峰修行而作。首联写送，雨后初晴，天地清朗，诗人送弟远行。霁色送人，色调清新淡然，与"朝辞白帝彩云间"意境相同。颔联顺序而下写别，拂尘与从弟一起离开，在蛩虫的清脆鸣叫声中暂别亲人。颈联写别后独行。归去之时，只有孤独一人，身影映于潭底；休息之时，身边只有树相伴。这两句体现了诗人对禅理的体悟。诗人在潭底影与树边身中，领会着非我与本我的关系，如《重定中晚唐诗主客图》里所云："此幻影也，独行者谁？色身也，数息者谁？"潭底影不过是幻影，数息树边的不

---

①李庆甲《瀛奎律髓汇评》，上海古籍出版社，1986。

过是个色身，既然如此，离别又有何悲呢？但诗人终究不能全然泯灭世俗的感情，所以在尾联与从弟相约，"天台作近邻"。诗中的颈联为贾岛得意之笔，他曾在《题诗后》中自言："二句三年得，一吟双泪流。知音如不赏，归卧故山秋"。历代诗家对此聚讼纷纭，毁誉不一。赞者如《瀛奎律髓汇评》，有"绝唱"之誉，纪昀有"果有幽致"的评语，冯班云"长江用思极苦，然出语自远"。不喜之人，如《临汉隐居诗话》中有云："不知此二句有何难道，至于三年始成而一吟泪下"。"独行"联虽有争议，但贾岛苦吟搜求，毕竟体现了他不走俗常，发前人所未发的创作态度。而且语言上省净简洁，有清新之致。

又如《寻隐者不遇》：

松下问童子，言师采药去。只在此山中，云深不知处。

全诗独出心裁地采用问答体，寥寥二十字中有人物，有环境，有情节，清简的语言里包含着丰富的内容，有词约意丰之妙。诗人为寻隐者而来，却只见童子，"松下问童子"点出了诗人向童子发声询问。此句省略了主语，但从内容上也可知是谁。同样，下句的"言诗采药去"也省略了主语，但可知是童子在回答询问。诗人既为隐者而来，而隐者不在，自然有更深一步的询问，但诗中并无明写，而是以童子的"只在此山中"继续作答，则诗人的询问也不言自明。"只"字表示出地理范围之小，似在暗示寻隐者之易，不难想象诗人因此而转忧为喜，继续追问。而童子却回以"云深不知处"，直接表明寻访不易，诗人必然会由喜再转忧，进而失望、怅惘。四句诗用了一问三答，诗人巧妙地以答见问，隐藏了丰富的情景与对话，而在问答之间，诗人与童子的神态、动作、心理活动也都可想而知。而且问答中还隐约可见隐者的形象，通过环境的烘托，使其形象更加鲜明。首句中的"松"字，点明了隐者的居处，其居所有松，这既是实写，又有象征的意义，隐者高洁之貌跃然而出。再与下文内容联系起来，"采药去""此山中""云深不知处"，一个幽深绝俗的环境中世外隐者超然飘逸的形象更加鲜明。贾岛以苦吟之态精心锻造字句，虽有时会有刻意人工之弊，但这首小诗中语言清新洗练，意境幽深，体现了诗人精炼的语言技巧。很多诗评

---

① [清] 黄叔灿《唐诗笺注》，清乾隆三十年刻本。

对此诗的语言多有好评。如《唐诗笺注》："语意真率，无复人间烟火气①。"《诗法易简录》："一句问，三句答，写出隐者高致。"《增定唐诗正声》中"李云：首句问，下三句答。直中婉，婉中直。"

三是贾岛常在诗中表现生活贫穷困窘，苦寒之中又有坚守清贫、不改本心、不堕青云之志的意味。如《朝饥》极写家中无米无柴、饥寒交迫的困境，但在结尾处以"饥莫诣他门，古人有拙言"自勉。又如《原居即事言怀赠孙员外》中四句"径通原上草，地接水中莲。采菌依馀柎，拾薪逢刈田"，生活虽然要以采菌拾薪维持，但陋居周围清丽天然的环境给诗人以安慰，表现了诗人安于贫困、不改初心的意愿。

四是指贾岛诗中常有的清峻苦寒之气。这是由穷困的生活和艰难的求举经历、功业不成的挫败而造成的心理状态，在这种心理状态下观照的外物，都具有阴冷与悲寂的特点。陆时雍评贾岛诗"气韵自孤寂"，就是指枯槁寒冷的诗意。如《泥阳馆》：

客愁何并起，暮送故人回。废馆秋萤出，空城寒雨来。

夕阳飘白露，树影扫青苔。独坐离容惨，孤灯照不开。

首联点题，烘托客愁。诗人客愁尚挥之不去，又添离愁，于暮色中送人归去。客愁并起，因客中送客，此为加一倍法，更加重了诗人的客愁。后三联写景，以表现诗人夜晚于馆中备受客愁的折磨。残破的客馆里，秋萤飞舞，发出点点清冷的荧光，寒冷的秋雨侵袭着行人冷落的小城。馆废城空，都是由诗人愁苦的心境引发出的观感，没有友人的陪伴独在异地，感觉中居所是残破的，陌生的地方如座空城，对他毫无意义。夕阳之下，寒露渐起，斜斜的日光将树影投在青苔之上。诗人独坐馆中，愁容惨淡，孤淡的灯光也散不去他的离愁。诗人将"废馆""秋萤""空城""寒雨""夕阳""白露""树影""青苔""孤灯"等意象进行组合，将所有的景物都罩上暗淡的色调，以抒写心中深重的孤独寂寞。

又如《寄龙池寺贞空二上人》：

受请终南住，俱妨去石桥。林中秋信绝，峰顶夜禅遥。

寒草烟藏虎，高松月照雕。霜天期到寺，寺置即前朝。

诗中首联写曾收到上人的邀请却因事羁绊而未成行，尾联呼应首联，写向往古寺的秋天之约，并为前次的爽约而致歉。中间两联描写山寺的僻静，清冷之气扑面而来。山寺里，秋季的物候全部绝迹，已是深秋欲冬的景象；上人禅定中与节候、山峰化为一体，境界深远不可捉摸。寺周寒草茂密高深，能让老虎藏身，月照高松，投下雕刻般的身影。诗中深秋季候之枯寒、上人禅定之深不可测、古寺环境的幽深寒僻，共同营造出清冷枯寒的意境。

五是立意与艺术表现上戒绝陈熟、力求新异，贾岛作诗最致力于此。如《寄华山僧》：

遥知白石室，松柏隐朦胧。月落看心次，云生闭目中。

五更钟隔岳，万尺水悬空。苔藓嵌岩所，依稀有径通。

此为寄远之作，通篇写景。首句的"遥知"二字表明诗中之景皆为诗人心中之景，而华山僧的形象与景物融为一体，浑不可分。首联写僧人的居处，在松柏的包围下隐约可见。颔联写月落之时，僧人会以心星之位来计时，而当他进入深深的禅定，就不知时日，也不知云生于座中。颈联写僧居所在的华山全景，五更的钟声远远地从山那边传来，万尺高的山顶，有瀑布飞流而下，似乎悬挂于半空。尾联写居所少有人至，有苔藓暗生，而通往山下的是一条依稀难辨的小径。诗中句句写景，却处处烘托僧人的形象。松柏环绕居所、高山飞瀑、苔藓小径，都表现了华山僧的超然世外、潜心修行。以景写人，虚实结合，是贾岛最常用也最善用的方式。

又《寄韩潮州愈》：

此心曾与木兰舟，直到天南潮水头。

隔岭篇章来华岳，出关书信过泷流。

峰悬驿路残云断，海浸城根老树秋。

一夕瘴烟风卷尽，月明初上浪西楼。

此诗为贾岛因韩愈被贬潮州而作，表达对师友的关心以及希望能冤情得雪的心情。惯常的寄远诗一般从别后写起，但贾岛开篇即不凡，由韩愈被贬之初起笔。首联写得知被贬时，诗人曾想带着关切之心，买兰舟追随韩愈而去，一直到天南潮水的尽头，亲自去问候安慰。"此心"为一篇之主，下文一贯而下，皆由此二字生发。颔联写韩愈与诗人诗书往来，表现出不得亲见，只能以遥远的两地间频繁的书信往来以沟通心意。后两联写在诗人的意想中经常出现的两个画面：一为在驿路两侧，山峰孤悬，残云阻断想远望的视线；波涛拍岸，老树浸于海中仍显遒劲之态。一为南国山林的瘴气一夜之间悉被大风吹尽,月明之夜登上西楼,看天地清朗。两联景句不仅写潮州风物,更刻画出韩愈的不屈与倔强风貌,以及诗人希冀昭雪的怀想。在结构上,此二联又应和了首联的"此心",形成了诗意的回环。这首诗语言清简,构思出新,《贯华堂选批唐才子诗》评其语言"读之每每见其别出尖新者,只为其炼句、炼字,真如五伐毛,三洗髓,不肯一笔犹乎前人也[1]"。《唐诗贯珠》评其结构"局法高超,庸肤剥尽[2]"。

第三节　"奸穷怪变得,往往造平澹"之平淡

对贾岛诗风评价中,影响最大的是苏轼在《祭柳子玉文》中提出的"郊寒岛瘦",在很长时间内,"瘦"都被认为是贾岛诗歌的主要风格。现在随着对贾岛研究的深入可以认定,"瘦"并不能概括其整体的风格,而且细致考察后发现,与其说贾岛诗"瘦",不如以"平淡"目之更为准确。

贾岛诗风中平淡的一面,最早为韩愈所发觉。他在《送无本师归范阳》称其"奸穷怪变得,往往造平澹"。唐苏绛《贾公墓志铭》云:"所著文篇,不以清新绮靡,淡然蹑陶谢之踪"。宋代佚名的《雪浪斋日记》云:"为诗欲词格精美,当看鲍照,谢灵运;浑成而有正始以来风气,当看渊明;欲清深闲淡,当看韦苏州、柳子厚、孟浩然、王摩诘、贾长江;欲气格豪逸,当看退之李白[3]",将贾岛归入到与王、孟、韦、柳并列的"清淡闲远"一派。胡应麟在谈到唐代五律时,也将贾岛归入到清淡诗派:"曲江之清远,浩然之简淡,苏州之闲婉,浪仙之幽奇,虽初、盛、中、晚,调迥不同,然皆五言独造[4]"。由上可见,贾岛

① [清] 金人瑞《贯华堂选批唐才子诗》,江苏古籍出版社,1986。
② [清] 胡以梅《唐诗贯珠》,清康熙五十四年(1715)胡氏素心堂刻本。
③ 胡仔《苕溪渔隐丛话》,人民文学出版社,1962。
④ 胡应麟《诗薮》,上海古籍出版社,1979。

平淡的诗风是为诗家所肯定的。

　　司空图在《二十四品·冲淡》中形象地解释过冲和淡泊的诗歌境界之获得："素处以默，妙机其微。饮之太和，独鹤与飞。犹之惠风，荏苒在衣。阅音修篁，美曰载归。遇之匪深，即之愈希。脱有形似，握手已违。"只有守住宁静素淡之心，才能契合大道的机微，与天机完全融合。如果刻意求取，即落入有为，会破坏物我之间玲珑微妙的契合，破坏温和淡雅的意境。即使表面相接，偶尔有些形似，也会远离诗道精神。贾岛历来以苦吟著称，他对诗句的推敲，文字的雕琢，完全是人工苦造的创作方式，看似与自然浑成的平淡风格完全不搭，自相矛盾。而且也有诗家认为贾岛的苦吟雕琢，对诗意诗境的自然浑成有妨害。杨慎就曾对贾岛"二句三年得，一吟双泪流"（《题诗后》）很不以为然，"所谓吟成五个字，捻断数茎须也。余尝笑之，彼之视诗道也狭矣。三百篇皆民间士女所作，何尝捻须。今不读书而徒事苦吟，捻断肋骨亦何益哉[①]？王夫之也认为"推敲"故事中贾岛的费心踌躇毫无必要，"'僧敲月下门'只是妄想揣摩，如说他人梦，纵令形容酷似，何尝毫发关心？知然者，以其沉吟推敲两字，就作他想也，若即景会心，则或'推'或'敲'，必须其一；因景因情，自然灵妙，何劳拟议哉[②]？贾岛虽则苦吟至穷，有时也确有妨碍诗意之处，但从总体来说，苦吟与平淡并不是不能并存一体的。作为诗歌的创作方式，贾岛的苦吟造就了其平淡的诗风。这从理论上也可找到依据。皎然在《诗式·取境》中云："不要苦思，苦思则丧其自然之质，此亦不然。夫不入虎穴，焉得虎子？取境之时须至难、至险，始见奇句，成篇之后，观其气貌，有似等闲，不思而得，此高手也。"诗歌最具平淡之致的陶渊明，也是苦心琢磨制作之下才有如此的成就。"士大夫学渊明作诗，往往故为平淡之语，而不知渊明制作之妙已在其中矣[③]。贾岛与陶潜一样，以苦吟的态度打造出平淡自然的诗风，表现出如下的特点：

　　选象造境上，以眼前景、寻常事入诗，深幽入微地传达常人难以体认的

　　①杨慎《升庵诗话》十一。
　　②王夫之《姜斋诗话》卷下。
　　③周紫式《竹坡诗话》卷一。

感受。由于贾岛长年困守长安，生活窘困，他的生活视野狭窄，入诗的事与物都是生活中常见，甚至为人所视而不见的。但是贾岛善于从中捕捉到触动诗思的特质，深刻揣摩后婉转以出。

如《原上秋居》：

关西又落木，心事复如何？岁月辞山久，秋霖入夜多。

鸟从井口出，人自洛阳过。倚杖聊闲望，田家未剪禾。

这首诗表达了诗人在旅途中看到原上人家的秋居场景而内心的感怀。首联即发感慨。"关西又落木"中借杜甫"无边落木萧萧下"的意境，突出秋景的萧瑟，在满怀心事的诗人眼中，平添了几分人生穷途日暮之感。颔联中更多了一层伤悲。当年离家只为入仕报国，但老大无成，家乡也多年未归，思乡之感在多雨的秋夜中更加浓重，悲上加悲，令人难以承受。颈联把"鸟"与"人"并列，初读无甚特别，诗意寡淡，但细品之下，却觉别有深意。从画面上看，这联不过是写诗人在原上经过时的一瞥之景：鸟儿纷纷从井径口飞出，而我这个旅人从洛阳经过。结合前两联诗人老大无成的心事和思乡不得归的悲伤，就能体会出眼前寻常之景在诗人心中触发的感受。鸟儿有自己的归处，人亦有自己的归处。而此时的诗人归处在何方？诗人客居他乡，郁悒不欢的怅惘借助这对比的画面尽致传递。这两句诗看似平常，却可以看出贾岛敏锐准确地表达瞬间感受的艺术功力。方回对此联有评价："五六谓经年下得句，学者当细味之"[①]。《碧溪诗话》云："旧说贾岛诗如'鸟从井口出，人自洛阳过，'皆经年方得偶句，以见其涩思辞苦，非若好事者夸辞，亦谬其用心矣"。

又如《送田卓入华山》写诗人送别田卓，拟想朋友在山中生活的情形。其中颔联"瀑布五千仞，草堂瀑布边"写田卓的居所。瀑布千仞，极言山之高、瀑布飞流直下的壮观，而草堂则显居所之简陋和低矮。两边景物，一为宏大壮阔，一为矮小简陋，一为流动飞扬，一为静默依止，形成了鲜明的对比。而对比之下，衬托出田卓在天地变动中兀自横而不流的内在精神。此联既是写景，却意在写人。李怀民对此二句极为赞赏："此五丁开山之句。即在古亦难必得者，乃天成也。草字单平落调，然不可改者，其句已绝故，宁使律不谐耳。

---

① 李庆甲《瀛奎律髓汇评》，上海古籍出版社，1996。

若改草字为茅字，改瀑布为飞瀑，即失其妙。此可为知音道也。"

又如《寄韩湘》：

过岭行多少，潮州瘴满川。花开南去后，水冻北归前。

望鹭吟登阁，听猿泪滴船。相思堪面话，不著尺书传。

元和十四年，韩愈因谏迎佛骨被贬潮州，韩湘陪侍至潮州，同年又一同北归，贾岛于此时作诗相赠。全诗语气平平，满眼皆是寻常景物。前两联写韩湘陪韩愈南去潮州与北归的情形，后两联表达对友人的思念与牵挂。然而细品之下，仍能体会到诗人深婉的情思。"花开南去后，水冻北归前。"此联为写景，"花开""水冻"点明了季节，也正是天气转暖与入冬时寻常所见。人们通常有喜春与悲秋之感，但诗人却是完全相反的感受。虽则花开，但正逢师友南贬，怎能有一丝喜悦，反而满心沉重与担忧；而水冻之时天气转冷，却传来北归的消息，令诗人满心期盼，渴望当面叙谈相思之情。诗人将景物与事件并列，借助人们面对季节物候变化时惯有的心情来反衬对比，很有杜甫"城春草木深"的表达效果，思致却更为深幽曲折，读来却平常冲淡。纪昀曾评此联云："浪仙忽作此平易语，然细看之下，本色深露"。许印芳也赞同此评价："此评确。郊岛诗其平易处，皆自镌刻中来，所谓极苦得甘也[①]"。二人皆推许贾岛对眼前景、平常事深刻思索之功。

贾岛诗很少用典，常以寻常语言摹景写物，表情达意，语言上呈现一种"言归文字外，意出无意间"（《送僧》）的自然省净的特点。

如《寄韩潮州愈》：

此心曾与木兰舟，直到天南潮水头。

隔岭篇章来华岳，出关书信过泷流。

峰悬驿路残云断，海浸城根老树秋。

一夕瘴烟风卷尽，月明初上浪西楼。

此诗写于韩愈被贬潮州期间，贾岛以诗寄托思念之情。诗以"此心"开篇，也即全篇之主，诗中情思皆由此心而发。首联诗人愿以对韩愈的真诚之心陪伴他出发直至贬所潮州。三四句描述两人别后的书信往来。五六句写

---

①李庆甲《瀛奎律髓汇评》，上海古籍出版社，1986。

潮州的风物景貌。海浸老树不仅是拟写景物，也在刻画韩愈倔强的风貌，语言极为沉着。最后二句托出诗人的怀想，总有一天，风吹气清，月照西楼，意即韩愈的冤屈将得昭雪，其忠正耿直亦将大白于天下。这二句通过写景，寄托了贾岛诚挚的希望，另一方面也是韩愈胸襟爽朗的写照。全诗笔力奇横，意境宏阔，音节高朗，诗思精妙。金圣叹在《贯华堂选批唐才子诗》中赞道："先生作诗，不过仍是平常心思，平常格律，而读之每每见其别出尖新者，只为其炼句、炼字，真如五伐毛，三洗髓，不肯一笔犹乎前人也。"

又如《题青龙寺镜公房》：

一夕曾留宿，终南摇落时。孤灯冈舍掩，残磬雪风吹。

树老因寒折，泉深出井迟。疏慵岂有事，多失上方期。

诗中回忆在青龙寺留宿的情形，感念镜公留宿的友情。首二句写当年留宿青龙寺的时间和季候，点出诗的事因。中间四句写景，描写记忆中对当时青龙寺的印象。孤灯、残磬刻画出了寺庙的夜景：孤灯掩映，雪风吹磬。贾岛虽已返俗，但对寺庙禅院仍有感情，尤其在居无定所之时有寺院可以存身，让他倍感温暖。因此虽在寒冬，夜景凄寒，在诗人心中却有浓浓的情思。老树深泉句，刻画了寺院的晨景：寒折老树，井深迟迟，虽为景致，在诗人眼中却别有意味，尤其多年后回忆起这情景，一如诗人现状的写照。最后二句向友人致歉，回应留宿友情。全诗结构紧密，诗思连贯，语气平淡中蕴含着情思与感慨。许印芳赞其"句句洗炼，而出以自然"。

贾岛诗集中有很多写景的佳句，多用白描手法，绝无藻饰。如《原上秋居》最后一联："倚杖聊闲望，田家未剪禾"。写原上人家的乡间生活即景，与王维《渭川田家》中"野老念牧童，倚杖候荆扉"的意境相近，以平实淡然的语言表现乡居恬适闲逸的生活，也安慰着诗人苦闷郁郁的内心。又如《寄武功姚主簿》："静棋功奥妙，闲作韵清凄，锄草留丛药，寻山上石梯。"前两句言姚合工于下棋，赞其有风雅之质。后两句以锄草、寻山状写姚合平日生活内容，以展现其不汲汲于名利，为布衣亦闲、为官亦闲的胸怀。还如《题皇甫荀蓝田厅》中"竹笼拾山果，瓦瓶担山泉"，写其为官清苦的生活场景，似随手拈来般随意自然，令日常之景如在眼前。

贾岛长期在山林间游走，中年以后功名之心也渐渐消歇，内心的不平也逐渐减退，因此心境趋于平和，对乡居山野生活能安然适应，对隐逸的高士及其生活方式多有赞美。

如《僻居无可上人相访》：

自从居此地，少有事相关。积雨荒邻圃，秋池照远山。

砚中枯叶落，枕上断云闲。野客将禅子，依依偏往还。

中间四句写景如画，清新淡远，展现僻居的幽静无事。首联以"少有事相关"点明僻居，尾联又自谓野客，表现其无关世事、安于山林的隐逸情致。诗中诗人散淡闲适的心情好似王维《酬张少府》的"晚年惟好静，万事不关心"，又如《终南别业》的"兴来每独往，胜事空自知。行到水穷处，坐看云起时。偶然值林叟，谈笑无还期。"

贾岛写景的诗句，都有写景如画、清新淡远的特点，读来韵味悠长。其佳句还如"秋风生渭水，落叶满长安"（《忆江上吴处士》）、"石洞双流水，山门九里松"（《送僧归天台》）、"当窗一重树，上有万里云"（《送天台僧》）、"雁过孤峰晓，猿啼一树霜"（《送天台僧》）等。

贾岛选取的景物多静谧深幽，呈现静态之姿，少有气势奔放流动的场景。如"林木含白露，星斗在青天"（《口号》），"夕阳飘白露，树影扫青苔"（《泥阳馆》）"新月有微辉，亦朗空庭间"（《酬栖上人》），"空地苔连井，孤树火隔溪"（《寄武功姚主簿》）。

即便是动态的景物，也多是平缓，近乎悄无声息地变化移动。如"孤烟寒树色，高雪夕阳山"（《送扬法师》），"流星透疏木，走月逆行云"（《宿山寺》），"长江人钓月，旷野火烧风"（《寄朱锡珪》），"竹阴移冷月，荷气带禅关"（《寄慈恩寺郁公房》）。正是贾岛刻意选取了具有幽静感的景物加以精心雕琢，故使其写景诗句呈现出清幽淡远的风格。

在抒发情感上，贾岛从没有激情奔涌的宣泄，也极少高昂澎湃地直抒胸臆，更多的时候是深衷浅貌，短语长情，显得格外的和婉幽淡。

贾岛一生穷困失意，生活的艰辛给他的身体和精神都带来极大的痛苦，但他从未有强烈的抱怨与愤慨。如《朝饥》中"市中有樵山，此舍无朝烟"的赤贫与"坐闻西床琴，冻折两三弦"的寒冻，与杜甫"朱门酒肉臭，路有冻死骨"有同样的社会根源，但贾岛诗句中却全无杜诗中悲愤的呼号。"我要见白日，雪来塞青天"，传递的是种无奈，而不是孟郊"出门即有碍，谁谓天地宽"（《赠崔纯亮》）的愤慨不平。尽管心中有悲酸，诗人仍"饥莫诣他门，古人有拙言",以"君子固穷"来自我勉励。在《冬夜》中,诗人远离家乡,老大无成又一贫如洗,他也不过是流泪自伤,默默体味着贫困失意带来的痛苦:"羁旅复经冬,瓢空盎亦空。泪流寒枕上,迹绝旧山中。凌结浮冰水,雪和衰柳风。曙光鸡未报,嘹唳两三鸿"。贾岛怀才不遇,对不合理的社会现实造成的伤害也有不满与埋怨,但绝不像孟郊"有财有势即相识,无财无势同路人"(《伤时》)那样怒气冲冲,也绝不会如"弃置复弃置,情如刀刃伤"(孟郊《落第》)般把自己的伤口撕开来给人看。他也会抒写不满,如裴度倚恃特权在兴化里凿池种竹,起台榭,贾岛写诗讽刺以表怨愤,也不过是"破却千家作一池,不裁桃李种蔷薇。蔷薇花落秋风起,荆棘满亭君自知"(《题兴化园庭》)。除"破却千家作一池"略有夸张外,其他几句都语含讽寓,并无直接的批判。还有为贾岛带来灾祸的《病蝉》:"病蝉飞不得,向我掌中行。折翼犹能薄,酸吟尚极清。露华凝在腹,尘点误侵睛。黄雀并鸢鸟,惧怀害尔情"。这是贾岛最激愤的诗作,在最后两句以"黄雀""鸢鸟"比喻那些决定科举考生命运却徇私舞弊的官员,直言其害。但诗中更多篇幅还是从病蝉的角度表达虽受伤害仍欲飞翔的自我形象,语气虽有怨愤,更多的还是无奈。

当友人落第时,尽管贾岛自己也在科场屡次失利,对考场的黑暗与不公有切身的体会,但他不会因友人的相同命运而忿忿,而是贴心地劝慰、勉励或开解。如《送沈秀才下第东归》,"曲言恶者谁?悦耳如弹丝。直言好者谁?刺耳如长锥。沈生才俊秀,心肠无邪欺。……下第子不耻,遗才人耻之。"

当送别友人时,贾岛也不会让情感奔涌流泄,而是藏于胸中,缓缓道出。如"莫叹迢递分,何殊咫尺别"(《上谷送客游江湖》),"临别不挥泪,谁知心郁陶"(《送李戎扶侍往寿安》)。

挚友孟郊去世,贾岛以《哭孟郊》相悼,诗里没有长歌当哭的悲号,但平静的哀思更显悲怆。"身死声名在,多应万古传。寡妻无子息,破宅带林泉。冢近登山道,诗随过海船。故人相吊后,斜日下寒天。"首二句语意近杜甫的"千秋万岁名,寂寞身后事",颔联写孟郊无子,宅破,家境凄凉,更添一悲。最后一联结句,化用陶渊明《挽歌》之二"亲戚或余悲,他人亦已歌。死去何所道,托体同山阿。"斜日寒天,失去挚友的悲伤蕴含其中,有不胜凄伤之感。方回《瀛奎律髓》评此诗"三四所道,人忍闻乎?并尾句味之至矣。"

贾岛以眼前事、寻常景入诗以传递深幽细微的感受,语言自然省净、不加藻饰，景物描写清新淡远，抒发情感和婉幽淡，这些特点共同构成了贾岛平淡的诗风。方岳《深雪偶谈》中对《长江集》有评论："至其全集经岁逾纪，沉咀细绎，如芊葱佳气瘦隐，秀脉徐露，其妙令人首肯，无一可以厌致，三折肱为良医，岂不信然"。"秀脉徐露"点出了贾岛平淡的诗风具有深邃幽远的艺术韵味，也是其诗风艺术魅力之所在。

贾岛平淡诗风的形成，与禅宗思想对他的浸润有很大关系。

禅宗是彻底的避世主义哲学，无论是澄澈宁静的观照方式，还是无心无念的生活态度，都造就一种绝不激动、平静淡泊的心境。"禅悟虽是非理性思辨的直觉体验，但绝没有情绪的冲动，而毋宁说深深包蕴着理性的静穆。这理性的静穆将人世的各种悲欢离合、七情六欲引向空无的永恒，化为心灵深处的对物欲情感的淡泊。因而，禅宗对诗歌渗透的结果必然带来真正的审美趣味的平淡化"①。

禅宗以顿悟自性、发现本心为宗旨。慧能《六祖坛经》说："内见自性不动，名曰禅"。而顿悟这种修行方式，对诗歌的创作方式也有很大启示。关于顿悟，神会有详细完整的解释："自心从本已来空寂者，是顿悟；即心无所得者，为顿悟；即心是道，为顿悟；即心无所住，为顿悟；存法悟心，心无所得，是顿悟；知一切法是一切法，是顿悟；闻说空，不著空，即不取不空，是顿悟；闻说我不著我，即不取无我，是顿悟；不舍生死而入涅槃，是顿悟②"。顿悟就是觉悟自心本来具有的空寂状态。众生自心本来都有佛性，如果能体会到即心即佛的禅理就是顿悟。而顿悟之理，不是让自心止而不动，而是在自心的流动中觉悟自心，不让心的自然状态有所改变。因而禅宗对诗歌的影响，就是不断弱化诗的情感色彩，将喜怒哀乐化为恬淡超然的心灵之境。贾岛的诗歌创作正是禅宗思想影响下的产物，诗人将所处的环境和遇到的人与事作为观照的背景，在其中体会自心的感受，觉察本心的变化。这种自省与内在观照的方式，必然会摒弃世俗常见的情感，转而传递更深幽的内在感受。但是贾岛毕竟不是纯粹的佛教徒，他还未达到通脱的境界，因此情感即便不强

---

① 周裕锴《中国禅宗与诗歌》，上海人民出版社，1992。
② 释印顺《中国禅宗史》，中华书局，2010。

烈，但仍有俗世中人的各种感受。

贾岛诗词语言的平淡来自禅宗"不立文字"的主张。"不立文字"，主要是指不执着于、黏滞于文字。但诗歌正需要文字的表达，因此以禅入诗讲求不落文字的窠臼，遣词造句天然无雕琢之迹。因此为达到言与意的统一，诗人必然要力求语言的平淡。贾岛以苦吟的方式获得平淡的艺术效果，属于刻意造平淡的途径。

由以上的分析可以得出结论，贾岛是中晚唐将禅宗思想与诗歌创作结合最好的诗人。他平淡的诗风既有对传统艺术风貌的继承，又以个人的才力努力创新终成独具特色的贾岛风格。

第四章　贾岛律诗的艺术特色

　　贾岛专攻五律，作品数量在其诗集中最多，其艺术成就也最高，历代诗家都有评说。如胡应麟《诗薮》有言，"东野之古，浪仙之律，长吉乐府，玉川歌行，其才具工力，故皆过人。如危峰绝壑，深涧流泉，并自成趣，不相沿袭"。陈延吉《贾岛诗注》曰："岛之五七言古诗，虽生涩险僻，然不逮韩、孟、玉川子甚远。至其五言律，吾独裣衽无间言。五律原亦出自少陵，以细小处见奇，实能造出幽微之境。而于事物理态，体认最深，非苦思冥搜，不能臻此①"。方回《瀛奎律髓》也云："贾浪仙五言诗律高古。平生用力之至者，七言律诗不逮也"。贾岛为什么专攻五律，原因大致有二。一是科举应试的需要，因为五律与科举考试中的五言八韵形制相似。二是诗歌内容对形式的要求。五律声偶规律严格，题材上只限于表达寄赠、送别、题咏等，而贾岛作品中最多的就是这些内容。因此贾岛专攻五律是一种表达上的必然选择。本章将讨论贾岛以五律为主、包括七律的律诗艺术特色。

---

① 陈延吉《＜贾岛诗注＞序》，商务印书馆，1912。

第一节 伶俐净洁的融情寓景之法

融情寓景、情景交融是中国古典诗歌的一个重要特质，诗人在抒情时往往借助于景物，或描写景物时蕴含情思，以达到情景交融的境界。古代文论中相关情景关系的理论甚多。唐司空图在《与王驾评诗书》中提出："五言所得，长于思与境偕，乃诗家之所尚者。"他认为五言诗的成功，在于诗人的思想感情和客观景物完美结合，这是诗人崇尚和追求的目标。《文镜秘府论》有"诗一向言意，则不清及无味；一向言景亦无味。事须景与意相兼始好①"。宋范晞文提出"景无情不发，情无景不生"，认为情与景是完整有机的统一体。清吴乔在《围炉诗话》中云："夫诗以情为主，景为宾。景物无自生，惟情所化。情哀则景哀，情乐则景乐②"，主张在情与景的关系中，把情放在首位，因为景可以随情的变化而变化。清王夫之把诗歌中的情与景看作同一事物的两个方面，认为作诗应达到情景交融的境界，因此在《姜斋诗话·夕堂永日绪论》中说："不能作景语，又何能作情语邪？"他还在论述诗歌表情与写景关系时说，"情景名为二，而实不可离。神于诗者，妙合无垠。巧者则有情中景、景中情。"王夫之提出的"情中景"是把客观景物化为主观的景，情寓其中；"景中情"是把主观情感化为客观景物，借景抒情，情与景互相渗透依存。

贾岛律诗中有众多写景诗句，在艺术上达到了情景交融、凝练自然的境界，也是贾岛律诗的艺术特色中引人瞩目的一点。

如《暮过山村》是其写景诗中很有代表性的作品：

数里闻寒水，山家少四邻。怪禽啼旷野，落日恐行人。

初月未终夕，边烽不过秦。萧条桑柘外，烟火渐相亲。

---

① [日] 遍照金刚《文境秘府论》地卷《论体势》，人民文学出版社，1975。
② [清] 吴乔《围炉诗话》，载郭绍虞《清诗话续编》，上海古籍出版社，1983。

　　这是诗人深秋日暮时分路过一处山村的纪实。首联写远望中的山村，表现出一种僻远、幽冷的大环境。在山旁行走，数里外就能听到水流声，衬托出山中的阒寂，静得有些可怕。长途跋涉后见到山家，本应有欣喜之感，但诗人笔下的山家却孤独无邻，有种莫名其妙的诡异感，反而令诗人心中不安。颔联中的气氛更加恐怖，山间原本一片沉寂，却突然被旷野传来的怪鸟的叫声打破，加之天时已暮，四周昏暗，视野越来越小，夜色越来越浓，自己被重重暮色包围在荒山野岭。仿佛夜晚来到，一切白昼里隐藏起来的神怪之物都要出来活动。诗人独行荒野，怎能不惶恐万分？颈联里紧张之情渐缓。面对沉沉暮色，诗人不写周围的黑暗，而转写新月初升，清辉斜照，虽然不是朗月如盘，毕竟有个光亮。诗人由自然环境的描写转入对人事的叙说，说明战火未延及于此，这里应该太平无事。细细品味，但觉前句不无隐忧，后句语含庆幸，内心的惶遽难于掩饰。尾联写山村临近，诗人心头涌起一丝慰藉。经过长时间的旷野独行，诗人终于远远地看进了宅边的桑树、柘树和茅舍上升起的袅袅轻烟，一种温暖和亲切不禁从心底油然而生，独行旷野的恐惧顿时荡然无存，而欣喜和轻松溢满胸间。全诗由远而近，以行踪为线索迤逦写来，而随着景物的变换，诗人的心情也经历了凄冷、惊恐、疑惧到欣慰的变化过程。羁旅愁思本是常见的主题，但是诗人表达得如在目前、如心所临，尤其营造的枯寒奇僻的景物和怪异凄清的境界，充分展现了诗人的创作功力。

　　诗中的写景句很受诗家的称赞。欧阳修《六一诗话》评价说："圣俞尝语余曰：诗家虽率意，而造语亦难。若意新语工，得前人所未道者，斯为善也。必能状难写之景，如在目前，含不尽之意，见於言外，然后为至矣。……贾岛'怪禽啼旷野，落日恐行人'，则道路辛苦，羁愁旅思，岂不见於言外乎？"《龙性堂诗话续集》评"贾岛'怪禽啼旷野，落日恐行人'，夕阳驴背上，真有此景，想之心怦怦然动①"。可见景物描写得逼真。方回《瀛奎律髓》对"怪禽""落日"一联也很是欣赏，赞其"善写羁旅之味，诗无以复加。"

　　情景交融的方式，清刘熙载在《艺概·词概》曾有概括："词或前景后

---

　　① [清] 叶矫然《龙性堂诗话续集》，载郭绍虞《清诗话续编》，上海古籍出版社，1984。

情，或前情后景，或情景齐到，相间相融，各有其妙"。胡应麟《诗薮·内编》中谈到五言律诗正体时说过："作诗不过情景二端，如五言律诗，前起后结，中四句二言景、二言情，此通例也。唐初多以首二句言景对起，止结二句言情，虽丰硕，往往失之繁杂。唐晚则第三四句多作一串，虽流动，往往失之轻儇，俱非正体。"在贾岛诗中，情景关系的处理大致为：首尾写景，中间叙事或直接抒情；首尾叙事抒情，中间写景；先叙事，后写景寄情；仅后半部或尾联写景；全篇写景。

首联或首两联写景，景中寓情，中间加以叙事或抒情，最后再以景结尾，从而传递出余味不尽之意。使用这种写法的有《送路》：

> 别我就蓬蒿，日斜飞伯劳。龙门流水急，嵩岳片云高。
>
> 叹命无知己，梳头落白毛。从军当此去，风起广陵涛。

这是诗人为友人路氏从军所作的送别之作。黄昏时分，诗人即将看着朋友踏上长满蓬蒿的征路，而此时，天空有伯劳鸟飞过。蓬蒿代指征路，点出送友从军的主题。伯劳鸟本是鸣禽，在古人心中还象征着离别。如《玉台新咏》中《歌辞二首》有诗句："东飞伯劳西飞燕，黄姑织女时相间"，以劳燕分飞指离别。因此诗人在这里用伯劳飞带出离别的情绪。黄昏时分伯劳翻飞，在这种情形下与友人分别，实在令人感伤不舍。颔联中拟想友人从军路上之所见，诗人将龙门流水与嵩岳高云相对，一派山高水长、天地高远的画面，意象开阔，气势豪迈，表现出友人从军的豪情。颈联又转回离情，感叹朋友的离开让自己少了个知己而倍感孤独，以示友情的意义，使惜别之意更进一层。"梳头"句状写自己年老白头，反衬出朋友的年轻有为。两句既直抒惜别之情，又对朋友赞美有加。最后一联，诗人将目光放得更远，以广陵涛水祝福友人取得辉煌的功业。广陵涛是中国历史上一处著名的涌潮。当潮涌上溯至广陵城南曲江江段时，因水道曲折，又受江心沙洲的牵绊，形成怒涛奔涌之势，故称广陵涛，后于唐大历年间消失。因此诗中的广陵涛是虚写。诗人以风吹潮涌表现磅礴的气势，以此豪情勉励友人建功立业。诗人以离别的场景开篇，以虚拟的波澜壮阔的潮水结尾，抒写离情的同时更表达出对朋友的殷殷祝福。

又有《送神邈法师》：

> 柳絮落濛濛，西州道路中。相逢春忽尽，独去讲初终。
>
> 行疾遥山雨，眠迟后夜风。绕房三两树，回日叶应红。

　　初春时节，柳絮飘飞，迷蒙住了人们的视线，一如此时诗人怅惘的内心。诗人在首联以柳絮带出离情，化用了《诗经·小雅·采薇》诗句"昔我往矣，杨柳依依"之意，也喻别情如柳絮濛濛。颔联叙事，同时也语带不舍。与法师相处的时间那么短暂，现在春天将尽，法师也将远行去讲经。后两联为写景，一联为刻画法师旅途中栉风沐雨的情形，表现法师为传经弘法而不辞辛苦。末联想象法师归来，应该是秋日叶红之时。"红"字点出了法师归来的时间，又传递出诗人的期盼与喜悦。秋天是萧瑟的季节，但红叶的热烈色彩会给人以安慰。遥想法师归来之时，也会像红叶一样使我一扫悲秋之感。诗人以离别的春季写起，以想象中相聚的秋季作结，意味着诗人思念的绵长，此种设计十分别致用心。

　　还有《二月晦日留别鄂中友人》：

　　立马柳花里，别君当酒酣。春风渐向北，云雁不飞南。

　　明晓日初一，今年月又三。鞭羸去暮色，远岳起烟岚。

　　农历二月的最后一天，诗人送别去鄂中的友人。首联点明季节和别意。在柳花的轻拂下，诗人与朋友于马上话别，此刻真想与朋友一醉方休，以化解眼前分别的感伤。立马柳花，别君酣酒，是浪仙少有的豪放飘逸的兴致，其意境很似李白《金陵酒肆留别》："风吹柳花满店香，吴姬压酒劝客尝。金陵子弟来相送，欲行不行各尽觞。"颔联写春色渐浓，而大雁却不愿南去。诗人以"南""北"相对，表达不忍诀别的深意。颈联叙说时光，明天是三月初一，今年又到了三月。诗句看似笨拙，但在前面所营造的惜别语境中，有春日苦短之意，仍在叙说与友人的不舍分离，同时也点出题目中"二月晦日"的意义。尾联中离别的时刻终于到来，诗人鞭打着羸马与友人分别，而此时的远山都笼罩在迷蒙的暮色中。全诗首尾皆写送别，中间写离情，前后起结呼应，关合十分紧密。

　　贾岛还会在首尾叙事或抒情，中间写景，景中寓情，亦景亦情。如《上谷旅夜》：

　　世乱那堪恨旅游，龙钟更是对穷秋。

　　故园千里数行泪，邻杵一声终夜愁。

　　月到寒窗空皓晶，风翻落叶更飕飀。

　　此心不向常人说，倚识平津万户侯。

这是诗人在功名无成之下的思乡之作。开篇即道出心中有恨：正逢乱世，人在旅途漂泊，心中有无限怅恨，营营奔走了多年，只落得老大无成，对着这冷落清秋。中间两联以景代情，表达对远方故乡的思念。在这样的夜里想到千里之外的故乡，不禁泪下数行，而邻家的杵衣声使我愁肠百转，整夜难以入睡。此时，月亮挂在窗外，天空一片澄净明洁，风儿吹着落叶使我备感凄凉寒冷。古人秋凉时会翻出寒衣，以杵拍击，振去陈霉。而捣衣声起，最易唤起游子他乡迟暮之感。因此李白有《子夜吴歌》："长安一片月，万户捣衣声。秋风吹不尽，总是玉关情。"在秋夜听到邻居的捣衣声，正触动了诗人的思乡之情，在漂泊无依、老大无成的苦闷中更添一层新愁。最后一联，诗人努力压抑自己的愁苦，强为振作，对未来仍怀有取得功名的期望。全诗首尾叙写失意及思乡之愁，中间以秋夜捣衣声做渲染，真令人不胜悲戚。

《寄江上人》中，贾岛先叙事后写景，叙事中也包含情感：

> 紫阁旧房在，新家中岳东。烟波千里隔，消息一朝通。
> 寒月汀洲路，秋晴岛屿风。分明杜陵叶，别后两经红。

首二联以平实的语言写上人的新居与诗人相距千里。烟波千里为虚写，展现了一幅苍茫壮阔的画面，而诗人的思情蕴含其中似有似无。后两联转为具体景物的描写。在诗人的想象中，冷月照着上人新居所在的沙洲小路，晴朗的日子里会吹来湿润的岛风。而在现实里，诗人只看到杜陵的红叶，已经在离别后两度秋红。随着想象与现实中景物的转换，诗人的情思也越来越浓。

贾岛会用一半甚至多半的篇幅叙事，仅在尾联或后半部写景。如《寄顾非熊》：

> 知君归有处，山水亦难齐。犹去潇湘远，不闻猿狖啼。
> 穴通茆岭下，潮满石头西。独立生遥思，秋原日渐低。

题目中的顾非熊为贾岛友人，因不喜逢迎，更厌鞭挞，遂在盱眙尉任上弃官退隐茅山。此诗为贾岛送顾归隐所作。首联赞非熊选择了一个好去处，茅山的山水天下难匹。赞山水，更是赞隐者。颔联再赞山水。茅山远离潇湘，因此不闻猿声哀啼，少悲凉的气氛。王昌龄有《送魏二》"忆君遥在潇湘月，愁听清猿梦里长"，在本诗中诗人反其意而用之，以赞茅山山水。颈联写源于茅山的淮水能北流到石头城，注入长江，因此茅山虽僻，仍能沟通八方，仍是赞茅山。尾联以景传递不舍之意。虽然为非熊归隐的选择而欣慰，但友人远去仍不免伤感，诗人表示自君别后，自己会独立在秋原上，与夕阳为伴。这一幅秋原遥思，独立日低的画面，有不胜苍凉之感。

《宿姚合宅寄张司业籍》：

闲宵因集会，柱史话先生。身爱无一事，心期往四明。

松枝影摇动，石磬响寒清。谁伴南斋宿，月高霜满城。

诗人遥寄远方的张籍，表达思念的同时赞其清高归隐之志。首联交代作诗的缘起。因为夜晚悠闲无事，朋友雅聚，我与姚合闲谈中提到了先生您，故此写诗相寄。颔联写张籍的爱好与志向。先生不喜欢政务缠身，只爱无官一身轻，向往着旷达的生活。四明，一可以做山名解。四明山在唐江南道越州余姚县西百五十里，以其山有一石，四面如窗，通日月星辰之光，故名"四明"。另，贺知章晚年自号"四明狂客"，旷达不拘，亦可在此作四明之解。不论取哪种解释，诗人都以此表示张籍向往超脱世外、旷达随心的生活，显示其志向的高尚。颈联转写姚合宅中的夜景。室外，月光下松树枝影摇动，一片清幽孤寂之景；室内，敲击石磬发出清冽的乐声，烘托出文士聚会雅致幽淡的氛围。松影摇动，石磬寒清，有高朋满座，却独少一人的感慨之意。尾联抒写对张籍的牵挂与思念。今夜我们有朋友相伴，而您身边有谁？我因思念而情思低回，好似月光下的布满寒霜的古城。诗前面叙事，赞张籍有清远之志，后面写景，抒写牵念，情与景交融无垠，浑然一体。

《寄董武》：

虽同一城里，少省得从容。门掩园林僻，日高巾帻慵。

孤鸿来半夜，积雪在诸峰。正忆毗陵客，声声隔水钟。

题目中的董武官正字，在京城任职，此时正在毗陵，故诗人写诗以表达忆念之意。首两联，诗人描述董武为官如同隐居的状态。正字为京官，却是个闲散之职，少有公事亦少与人来往，所以虽然与其他京官都生活在长安城里，却很少有人来交际问候，因此董武得以优游闲适。每天僻静的居所里大门虚掩，日当正午仍慵懒地只著头巾，不做正式的装束。因董武不汲汲于名利，为官才如此优游散淡，这正是诗人在首两联要表现的。门掩园僻，日午高卧，这如同隐士一般的生活状态，贾岛一直都心向往之，因而叙述中还语带羡慕。后两联转入对朋友身在远方的思念。现在夜半时分，想象中董武那边的居所里，能看到夜空里有鸿雁飞过，群峰之上仍有积雪未曾消融，而诗人此刻也未能入睡，因思念着朋友，好像听到从远远的河对岸传来的钟声。颈联中的孤鸿、积雪，是特立独行、冰雪高洁的精神境界，以此状写董武，可知其人品的高洁，也深化了颔联中隐士的形象。李怀民对此联评价甚好："风骨高骞。二句独绝千古。对亦不见如此好。贾集中此最高格，非才江（李洞字）辈所能追"。

贾岛有的诗作全篇写景，既是景语也是情语。如《雨夜寄马戴》：

芳林杏花树，花落子西东。今夕曲江雨，寒催朔北风。

乡书沧海绝，隐路翠微通。寂寂相思际，孤缸残漏中。

首联极似民歌中起兴写法，由满林杏花凋落、果实四散，喻指诗人与马戴四散分离，带有浓重的感伤意味。"花落子西东"中的"子"为双关语，既指杏花的果实，也指人，用法同《西洲曲》"低头弄莲子，莲子清如水"。颔联写天气。今晚我在曲江承受着风吹雨打，你在朔北经受着严寒相逼，这恶劣天气更令人愁闷。颈联诗人自述身世：离乡日久，家乡的书信早已断绝，而自己功名无望，虽然苍翠的青山里有通向归隐的小路，可是只能心向往之却不能真正践行。尾联中呼应题目中的"寄"，在雨夜令人倍感寂寞的氛围里，诗人一边以书信寄托对友人的思念，一边听着更漏声点点滴滴。诗人将对友人的思念、对自己功名无成的失望、进退失据的矛盾心情通过全篇的景物描写形象地展现出来，情悲景亦悲，有打动人心的力量。

贾岛还善于因情选景，景中含情。如《子规》：

游魂自相叫，宁复记前身。飞过邻家月，声连野路春。

梦边催晓急，愁处送风频。自有沾花血，相和雨滴新。

子规，即杜鹃，传说中由望帝死后的魂魄化成，叫声有幽怨之情。首联中诗人听到子规啼叫，不由得发问，你这个精魂化成的鸟儿，为何叫声如此凄凉，难道还没忘记前世的悲惨遭遇？诗人借助民间对子规的认识和传说，带出幽恨之意。颔联写夜晚中的子规在邻家飞过，身后有一轮孤月，凄凉的叫声在旷野中传得很远。以邻家入景，意指人有邻家而鸟儿孤独。颈联写睡梦中也依稀听到子规的啼叫，似乎在催促黎明的到来；而我忧愁时，子规也会借着风儿频频传来它的叫声。此联将诗人的心绪传递而出。子规的幽怨，也是诗人的幽怨，因此它的叫声应和了诗人的心情。尾联对杜鹃泣血的传说加以生发，泣血所在之处，都化为鲜丽夺目之花。虽为一首咏物诗，却句句在诉说诗人自己的情怀，其中"梦边""愁处"两句最能表情，陈延杰《贾岛诗注》中赞其"纯以境胜，不以刻画也"。

贾岛登临怀古之作中的感情格外深沉，与景交融令人回味。如《京北原作》：

登原见城阙，策蹇思炎天。日午路中客，槐花风处蝉。

远山秦木上，清渭汉陵前。何事居人世，皆从名利牵。

古人每每登高怀古，总是有无限感慨，本诗也如此。首联即点出登高之意。诗人驱马登上高原，望见长安城阙，不由得思想起历来奔走于这座名利场中的人们。颔联中以两个场景来比喻人的不同境遇：日到中午，路上的行人正渴热难忍；而此时槐花的树阴中，闲蝉在高声鸣叫。路客与闲蝉，一热一凉，体现出人生真态。颈联中眺望远方，可见远山在自秦以来的山林上浮现，渭河水流过汉代的陵墓前。诗人将秦木、汉陵对举，指从古至今，人们追名逐利由来已久，令人不由得感发出思古情怀。尾联中诗人回首平生，不禁扪心自问，因何也在这里停留不去？皆是因名利的牵引驱驰。诗人由登高所见联想到奔走名利的人们，再想到自己，顿生无聊之感，也否定了自己的人生选择。中间两联的景物对举，对表达主题起到了烘托作用。

律诗有章法要求，以起、承、转、合为要法，有些论家因此重视中间的两联，如明谢榛《四溟诗话》"律诗以两联为主，起结辅之，浑然一气。"进而规定两联必须一联写景，一联抒情。但也有人认为写诗不应拘泥于章法。王夫之主张情与景的"妙合无垠"，坚决反对从句法的角度分离情景的陋见。"夫景以情合，情以景生，初不相离，唯意所适。截分两橛，则情不足与，而景非其景。"（《姜斋诗话》）"陋人标陋格，乃谓'吴楚东南坼'四句，上景下情，为律诗宪典，不顾杜陵九原大笑。愚不可瘳，亦孰与疗之？"（《姜斋诗话》）"一虚一实，一景一情之说生，而诗遂为阱、为梏、为行尸。噫！可畏也哉！"（《古诗评选》）从贾岛的创作来看，他诗中情与景的形式多样，一情一景的情况固然不少，但也有其他不同的写法，成功的佳作佳句也不少，真正做到了"状难写之景如在目前，含不尽之意于言外"。

第二节　奇恣险僻的格律变化

贾岛的律诗,有格律精严的佳作,也有不主故常的名篇,很能体现他对律诗体裁的稔熟与创新。

他全篇工整的精对,如《题长江厅》:

言心俱好静,廨署落晖空。归吏封宵钥,行蛇入古桐。

平平仄仄仄　仄仄仄平通　平仄平平仄　平平仄仄平

长江频雨后,明月众星中。若任迁人去,西溪与剡通。

通平平仄仄　平仄仄平通　仄通平平仄　平平仄仄平

在音律上,诗中的"归""明"二字的平仄虽未完全合乎五律的固定格律,但因在句中一、三字的位置,可以变通音律,因此都算合律。在韵律上,诗句也完全合乎要求。

再如《暮过山村》:

数里闻寒水,山家少四邻。怪禽啼旷野,落日恐行人。

仄仄平平仄　平平仄仄平　仄平平仄仄　仄仄仄平平

初月未终夕,边烽不过秦。萧条桑柘处,烟火渐相亲。

平仄仄平平　平平仄仄平　平平平仄仄　平仄通通通

这首诗的情况也同上首。"怪""初""未"三字平仄虽不全合律,但也是因为在一、三字的位置,所以也可变通合律。

但是精工之作并非贾岛律诗的主体,更非他的"当行本色",他在严格的格律章法限制下做出种种变化,被人称以"变体",最能体现其用心和才力。

所谓"变体",与"正体"相对,是指不以常格而改变律诗体式。唐诗中有很多变体,明徐师曾《文体明辩》对诗律正体之外的变体做出过归纳:"按诗有杂体:一曰拗体,二曰蜂腰体,三曰断弦体,四曰隔句体,五曰偷春体,六曰首尾吟体,七曰盘中体,八曰回文体,九曰仄句体,十曰叠字体,十一曰句用字体,十二曰藁砧体,十三曰两头纤纤体,十四曰三妇艳体,十五曰五杂俎体,十六曰五仄体,十七曰四声体,十八曰双声叠韵体,十九曰问答体,皆诗之变体也"。变体的使用,增强了律诗的表现力,也丰富了诗歌的创作手法,对律诗的发展做出了积极的改变。宋胡仔《苕溪渔隐丛话前集·杜少陵二》中说:"律诗之作,用字平侧,世固有定本,众共守之。然不若时用变体,如兵之出奇,变化无穷,以惊世骇目",肯定了以变体作诗取得的艺术效果更胜于正体。

贾岛律诗中常用的音韵和体式上的变体有拗体、蜂腰体、折腰体等。

律诗每句平仄都有规定,如果误用即为"失粘"。不依常格而加以变换的就称为"拗体"。拗体的出现,冲破了格律的束缚,避免诗作过于平滑圆熟,同时也更能展示诗人的才能,取得一种"陌生化"的效果。王力先生在《汉语诗律学》列举了常见的三种拗救格式:"(1)b 型句的拗救法:平平平仄仄改为平平仄平仄";"(2)B 型句的拗救:五律的平平仄仄平改为仄平平仄平";"(3)a 型句的拗救,……也就是仄仄平平仄,平平仄仄平改为仄仄仄平仄,平平平仄平"。贾岛律诗中用拗句的频率很高,据统计,"贾岛在 78 首诗中使用了 99 次拗救,即在三首诗中就有一首有拗句,这个比例是相当高的[1]"。如《酬姚合校书》:

因贫行远道,得见旧交游。美酒易倾尽,好诗难卒酬。
平平平仄仄　平仄仄平平　仄仄仄平仄　平平平仄平

公堂朝共到,私第夜相留。不觉入关晚,别来林木秋。
平平平仄仄　平仄仄平平　仄平平仄仄　平平平仄平

诗中出现了六处四句音律不和谐的地方。颔联中的"易"与"好"字应为平声,却为仄声;尾联中的"入"与"别"字也本应为平声,却用了仄声。但在颔联中"难"字应为仄声却用了平声,救出了本句中的"易"与"好"字。同样,尾联中的"别"字本应用平声却用了仄声,救出了本句的"入"与"别"字。

又如《宿山寺》:

众岫耸寒色,精庐向此分。流星透疏木,走月逆行云。
仄仄仄平仄　平平仄仄平　平平仄平仄　仄仄仄平平

---

①屈伟华《从五律用韵看贾岛学杜的特征》,《陕西师范大学继续教育学报》,2005 年 11 月。

绝顶人来少，高松鹤不群。一僧年八十，世事未曾闻。

平仄平平仄　　平平仄仄平　　平平平平平　　仄仄仄平平

全诗有两个拗句。首联使用了 a 型句拗法，"耸"字应为平声，却用了仄声，并未救字。颔联中使用了 b 型句拗法，"透"字应为平声却用了仄声，"疏"字应为仄声却用了平声，为救字。三字平仄的变化虽然造成诗句局部的不协调，但在表达上却更为精准。"众岫耸寒色"描写的是僧寺在一片群峰的环绕下，位于山峰的顶点，"耸"字托出了寺院之高，更透露出远离尘世、孤寒独峙的意味。"流星透疏木"写星光照在林间，烘托出环境的清幽。因此在拗救之下，诗意更为浑成。

蜂腰体，又称"蜂腰格"，是指首联、颔联和尾联都没有对仗，仅在颈联对仗的情况。律诗以中间两联对偶为正体，如果颔联不对，就形成了两头有宽松的散句与中间却骈偶紧束的情况，如同蜜蜂的细腰一般，故此得名"蜂腰体"。"蜂腰"最初为南朝梁沈约等人提出的声律八病说之一，被认为有损于齐梁体声律。后来宋魏庆之《诗人玉屑·诗体》中将"蜂腰格"作为诗律格式提出："颔联亦无对偶，然是十字叙一事，而意贯上二句，及颈联，方对偶分明。谓之蜂腰格，言若已断而复续也。"采用"蜂腰体"时，首颔两联散句必须用"十字格法"各叙一事，然后让颈联在语意上总束，使意脉贯通。

贾岛的《下第》即为典型的一例：

下第只空囊，如何住帝乡！杏园啼百舌，谁醉在花傍？

泪落故山远，病来春草长。知音逢岂易，孤棹负三湘。

宋蔡正孙《诗林广记》有评："诗有蜂腰体，如贾岛诗《下第》是也。盖颔联亦无对偶，然是十字叙一事，而意贯上句，又颈联才对偶分明。谓之蜂腰体，言若已断而复续也"，将此诗作为蜂腰体的范本。诗人首联感慨下第后身无一物的彷徨失望，颔联想象新中进士在杏园里游玩醉酒，表达欲入而不得的惆怅，颈联写乡愁与病痛，尾联写知音难逢，又辜负了自己隐遁江湖之心。四联各自叙事，首、颔、尾联中又用"只""谁""岂""三"等虚字，形成散句格式，中间的颈联以严整的对偶将全诗收束起来，各联之间在逻辑关系上也有了紧密的联系，达到了意脉贯通的效果。

折腰体，是指一句诗中上下两句意义不同，如拦腰折断一般。贾岛诗中《寄宋州田中丞》即属此类：

古郡近南徐，关河万里馀。相思深夜后，未答去秋书。

自别知音少，难忘识面初。旧山期已久，门掩数畦蔬。

颈联中即使用了折腰体。方回对此有评论云："当截上二字下三字分为两段而观，方见深味。盖谓自相别后，知音者少。'自别'二字极有力；最难忘者，尤在识面之初"。许印芳云："一句分为两段者，即诗家所谓折腰句也。然此格犹止两层意思，又有一句三转弯法，意思犹深厚。……凡五律句法，一意直下者，味薄气弱，每难出色。须参以两折、三折之句，疏密相间，方臻妙境，学者宜之"。

又如《南池》："入舫山侵塞，分泉稻接村。"诗写乘船游南池所见的荒僻景致，表达失意文人低落抑郁的心理感受。"入舫""分泉"为诗中的颔联，每句分上二下三字。人在船中，可见山势危高，好似压迫着下面的村寨，大片的稻田与村庄相连，河水流经此处被分成了两段。结合上下联的景物氛围，此联虽是描摹却无亮色，表现了南池两岸的萧条荒僻。

又如《孟融逸人》："树林幽鸟恋，世界此心疏。"孟融逸人隐逸遁世，不屑入仕，虽非圣贤，但世人重其人格不俗。贾岛以诗相赠，也是为赞美其高洁的品格。诗中颈联表现逸人的生存态度。树林广袤幽深，飞鸟以此为归宿，深为依恋；俗世中烦扰嘈杂，逸人的心渐渐与之疏远。前句以幽鸟恋林比喻后句中的此心远世，用哲学的体认扩展了属对的方式，用思深切，为一般人所不能到。纪昀评曰："一比一赋，相连而下，奇恣之甚"。方回评："五六变体。若专如三四，则太鄙矣。不可不察其曲折也。"

又如《怀紫阁隐者》："梨栗猿喜熟，云山僧说深。"诗人怀想深山里的紫阁隐者，因寄书不到甚至想亲自去山中寻访，以表达想念之情。诗中颔联即表现隐者所居的幽深。山上长满了梨树和栗树，当果实成熟时猴子会非常欢喜。我想去山中问讯，僧人告诉我那里幽深难至。猿喜则见人迹罕至，云山则含问询情景，有《寻隐者不遇》中"只在此山中，云深不知处"的意境。这两句的写法即为许印芳所言的"一句三转弯法"，意思深厚，引人联想。

贾岛在诗歌体式上还打破传统的章法，成功运用诸多变化的样式，如单行体、搏挽法、逆挽法等。

单行体，指诗歌一气到底，没有完整的起承转合。杜甫的《闻官军收河南河北》就是此种做法：

剑外忽传收蓟北，初闻涕泪满衣裳。

却看妻子愁何在，漫卷诗书喜欲狂。

白日放歌须纵酒，青春作伴好还乡。

即从巴峡穿巫峡，便下襄阳向洛阳。

全诗抒写了诗人得知叛乱已平的消息后欣喜若狂的心情。除首联的第一句叙事点题外，其余各句都是抒发了诗人突闻捷报时的惊喜。诗人直抒胸臆，情感喷涌而出，热情奔放又痛快淋漓。浦起龙称赞此诗为杜甫"生平第一首快诗也"（《读杜心解》）。仇兆鳌在《杜少陵集详注》中引王嗣奭的话说"此诗句句有喜跃意，一气流注，而曲折尽情，绝无妆点，愈朴愈真，他人决不能道。"这首律诗以起开篇，以承到底，却无损诗意，反成名篇。

贾岛也有全篇单体的作品，如《夜集姚合宅期可公不至》：

公堂秋雨夜，已是念园林。何事疾病日，重论山水心。

孤灯明腊后，微雪下更深。释子乖来约，泉西寒磬音。

诗中的可公是僧人无可，为贾岛的从弟。诗人在雨夜里等待无可的到来，期待与他像从前病中那样谈山论水，可是可公久等不至，诗人感到凄清和孤单。首联交代了雨夜的等待，以及想与可公共话山林的愿望，后面额联、颈联及尾联都是围绕着期待与失落的心情展开，景物的描写也突出孤独与凄清，衬托着诗人的心情。全诗一气呵成，虽是律诗，却古风古意，呈现了贾岛诗歌的另一种面貌。

贾岛还运用搏挽法，以尾联照应首联，形成意义上的呼应。如《寄龙池寺贞空二上人》：

受请终南住，俱妨去石桥。林中秋信绝，峰顶夜禅遥。

寒草烟藏虎，高松月照雕。霜天期到寺，寺置即前朝。

贞空二上人所在的龙池寺在终南山顶，首联交代他受上人之邀去往终南，只可惜被事妨碍，未能成行。中间两联怀想寺中秋景，显出古寺的幽远僻静。尾联表示向往古寺，既已相约秋天到寺，他一定会如约到访。结尾处为前次未能赴约而致歉，又呼应了开头的邀请之事，前后意脉相连又滴水不漏，结构极为稳妥。李怀民赞此联的搏挽之法"师开法门"，虽然不算确切，但也确为搏挽法的成功范例。

贾岛还运用逆挽法，即逻辑关系上的倒置，先写眼前，再写以往。通常有两种格式：一种是联中逆挽，指一联之中颠倒事件的前后顺序；一种是两联逆挽，指上下联之间逻辑顺序的颠倒。

联中逆挽的如《忆江上吴处士》："此地聚会夕，当时雷雨寒"。诗为贾岛怀远念人的佳作，此二句是承接上两句对处士的遥想而来，回忆当年长安聚会的情形。按照时间上的逻辑顺序，此二句应为"当时雷雨寒，此地聚会夕"。诗人故意改变次序，以突出此时的心理感受。当年长安的聚会在夕阳西下的时分，虽然有雷雨清寒，却无妨欢聚的气氛，诗人心中至今仍留有美好回忆。此逆挽法先突出局部之景，以景表情，再还原全景，在抒情效果上比惯常的写法高妙许多。

两联逆挽的如《雨夜寄马戴》："芳林杏花树，花落子西东。今夕曲江雨，寒催朔北风。"此二联写诗人与马戴四散东西的凄凉之境。按照正常顺序，后联应在前，表示因，前联在后，表示果。意即因为曲江雨与朔北风，吹落了芳林杏花，打落了杏子各东西。此二联的逻辑上的前后错位，突出了残花凋零、杏子散落的情景，以表达诗人凄凉的心境，情感的抒写效果非常醒目。

第三节　刻意多变的对仗句式

贾岛律诗的变体，还体现在对仗和句式方面。

贾岛诗中的对偶句，结构严整，方式多变。他为人所称道的"孤绝之句"几乎都是对偶句，如《寄朱锡珪》"长江人钓月，旷野火烧风"；《赠李金州》"晓角吹人梦，秋风卷雁群"；《送邹明府游灵武》"边雪藏行径，林风透卧衣"等。

贾岛的对仗，不仅是出于对律诗体式的纯熟，还有禅宗思想中辩证思维方式的影响。禅宗六祖慧能曾从佛教中总结出三十六组具有辩证法的对立的范畴，并说："若有人问汝意，问有将无对，问无将有对，问凡以圣对，问圣以凡对，二道相因，生中道义。如一问一对，馀问悉皆如此"（《坛经·付嘱品第四》）。佛家这种辩证思考的方式被引入诗歌创作中，也为诗人广泛接受。清徐增《而庵诗话》曾说："释迦说法，妙在两轮，故无死句。做诗有对，须要互旋，方不死于句下也。"现代史学家陈寅恪也认为："凡上等对子，必具正反合之三阶段。""若正及反前后二阶段之声调，不但能相对，而且所表现之意义，复能互相贯通，因得综合组织，别产生一新意。此新意，虽不似前之正及反二阶段之意义，显著于句子之上，但确可以想象而得之，所谓言外之意是也。此类对子，既能备具第三阶段之合，即对子中最上等者""凡能对上等对子者，其人之思想必通贯而有条理，决非仅知配拟字句者所能企及。"（《与刘叔雅论国文试题书》）贾岛受禅宗思想的长期熏陶，必然对此深有体会，也能自觉纯熟地运用在创作中，取得了陈寅恪所说的"互相贯通"的效果。

贾岛诗中经常采用的对仗方式有流水对、假对、当句对、隔句对、轻重对，运用这些方式而成的诗句，与沿用盛唐熟境常调而反复吟咏的诗歌相比，变化非常明显，更能体现贾岛的艺术追求。

流水对，指一联中相对的两句不是平行或对立的关系，且出句独立起来的意义并不完整，只有和对句合起来才能构成完整的意义，互相不能脱离，一脉相承，似流水而下，故称流水对。

如《答王建秘书》：

人皆闻蟋蟀，我独恨磋陀。白发无心镊，青山去意多。

信来漳浦岸，期负洞庭波。时扫高槐影，朝回或恐过。

诗中有两处流水对。颔联"白发无心镊，青山去意多"，为前果后因的关系句。因为老大无成，诗人建功立业之心已死，只想投身青山归隐世外，所以任由自己老态龙钟，无心镊除白发。颈联"信来漳浦岸，期负洞庭波"言说王建曾从漳浦寄来书信，可是自己没有赴约同游洞庭，为转折关系的流水对。

《寄宋州田中丞相》："相思深夜后，未答去年书"。此联写诗人深夜致信，表达对友人的相思，同时为未能回复去年的书信而致歉，为并列关系的流水对。方回《瀛奎律髓》中对此联推崇备至："'相思深夜后，未答去年书'，初看甚淡，细看十字一串，不吃力而有味。浪仙善用此体……皆句法之变也"。

《净业寺与前鄂县李廓少府同宿》"往往语复默，微微雨洒松"。此联写李廓不愿说话，话语断断续续的样子，好像雨滴洒在松树上，也是一赋一比的流水对。

《孟融逸人》"树林幽鸟恋，世界此心疏"。诗人此联中赞孟融逸人的生活态度，如幽鸟之恋树林，找到了自己的根本，故不自觉中疏远了追名逐利的世俗人生。两句一为比一为赋，一为因一为果，是很精到的流水对。

《忆吴处士》"孤舟行一月，万水与千岑"。诗人在长安夜半时分思念远方的处士友人，拟想他当时去南方时候路上所见。友人乘坐的一叶孤舟，行程有一月之久，当是看遍了万水与千山。初读此联似有不对，细品之下觉诗意连贯，意相衔接。

《送惟一游清凉寺》"瓶残秦地水，锡入晋山云"。此联写惟一僧云游四方，自在无碍的样子。僧持一瓶一锡出游，瓶中还残留着秦地的水，人已持锡杖在晋地云游。诗句串联而下，把惟一僧超逸洒脱之貌刻画得极为形象。

《夜集姚合宅期可公不至》"何事疾病日，重论山水心"。诗人在姚合宅中等待从弟可公的到来，期待何时能像他以前抱病时那样，与可公再次谈山论水一抒隐逸情怀。这也是一个连贯而下的流水对。

在严整的律诗中使用流水对，能使结构更加紧凑，又能增添几分灵动，是艺术性很高的创作手法。钟秀《观我生斋诗话》中对流水对的用法有详细的解说："五律以厚重安闲为主，通篇结构严整，无一闲字弱字乃佳。盖起二句或破空而来，则三四二句必须坚卓镇定；若起二句系坚卓镇定，则三四句必须用虚字叫应，流动为佳。至流水句，宁用之三四，勿轻用之五六。盖五六之外，乃是落句，此二句若按得不住，则下半一直泻去，便不成格局[1]"。唐代诗人自杜甫以后开始普遍使用流水对，贾岛大力尝试使之成为其诗歌体式的一大特色，到了晚唐流水对的使用遂成普遍的风气。

假对，又称借对，指一个词有两个以上的意义，诗人在诗中用的是甲意，但同时借用它的乙义或丙义来与另一词相为对仗。除了借意，有时还用借音来对仗。借音多见于颜色对。

如《逢旧识》"羡君无白发，走马过黄河"。"白发"与"黄河"对。"白发"指白色的头发，"黄河"却并不是黄色的河，而专指黄河。两词以颜色相对，

---

① [清] 钟秀《观我生斋诗话》，光绪五年（1879）刊本。

使用的意义却不同,这属于借意对。另外此联写贾岛羡慕友人没有白发,还可以骑着战马渡过黄河,奔赴前方杀敌,十字一事,意义连贯,又是一个流水对。

《夏日寄高洗马》"花发应耽新熟酒,草颠还写早朝诗"。"花发"与"草颠"对。"花"与"草"是植物,可以相对。"花发"为动词,意为花开;"草颠"是名词,本指善写草书、号为"草圣""张癫"的书法家张旭,在诗中指高洗马。因此,"草颠"是以动词的形式,借其名词的意义。

《荒斋》"落叶无青地,闲身著白衣"。"青地"和"白衣"相对。"青"与"白"颜色相对,"青地"与"白衣"词性上也相对。但是意义上,诗中的"白衣"不是指白色的衣服,而是指平民,亦指无功名或无官职的士人。因此,"白衣"以其颜色为对,取其特定的含义。

《宿姚合宅寄张司业籍》"身爱无一事,心期往四明"。"一事"与"四明"相对。"四明"中虽有数字,与"一事"形式上对仗协调,但意义上是固定词组,可释为山名,在唐江南道越州余姚县西百五十里,山上有一石四面如窗,通日月星辰之光,因此得名;也可释为唐诗人贺知章晚年"四明狂客"的别号。

《宿赞上人房》"朱点草书疏,雪平麻履踪"。"草书"与"麻履"相对。在构词形式上两词都是偏正词组,"草"与"麻"都是植物。但"草书"在这里借用的是书法的意义。

《寄武功姚主簿》"卷帘黄叶落,锁印子规啼"。"黄叶"与"子规"相对。"黄"为颜色,"子规"的"子"与表示颜色的"紫"语音相同,因此借用过来,以对"黄"。

《山中道士》"养雏成大鹤,种子作高松"。"养雏"与"种子"相对。"养雏"为动宾词组,"种子"为名词,在这里借用"种"的动词意义,也成为动宾词组。

《旅游》"旧园别多日,故人无少年"。"多日"与"少年"相对。"多"用其数量上的意义,而"少"用的是青春年少之意,并非指数量。

当句对,也称句中对,指一句之中某些语词自成对偶。语出宋洪迈《容斋续笔·诗文当句对》:"唐人诗文,或於一句中自成对偶,谓之当句对"。当句对用在句中,有灵活多变、抑扬顿挫的效果。

如《积雪》"夕繁仍昼密，漏间复钟和"。出句中"夕繁"与"昼密"相对，对句中"漏间"与"钟和"相对。

如《送黄知新归安南》"春归冬到家"。"春"对"冬"，"归"对"到"。

如《上杜驸马》"出得朱门入戟门"，句中"朱门"与"戟门"相对。

又如《送玄岩上人归西蜀》"去腊催今夏，流光等逝波"。出句中"去腊"对"今夏"，对句中"流光"对"逝波"。

隔句对，也叫"扇对"，指律诗中的对仗句子，上联与下联相对，也就是两联四句的第一句对第三句，第二句对第四句。

如《送李馀往湖南》首二联"昔去候温凉，秋山满楚乡。今来从辟命，春物遍涔阳"。"昔去候温凉"对"今来从辟命"，"秋山满楚乡"对"春物遍涔阳"。

轻重对。古人对名词有专门划分的门类，如天文、地理、宫室、器物等，对仗时应使用相同或相近的门类。如果门类不相类似，有轻重悬殊之感，即为轻重对。

贾岛有《病起》："身事岂能遂，兰花又已开。病令新作少，雨阻故人来"。此二联的对法历来为人所称道。方回《瀛奎律髓》评曰："老杜此等体，多于七言律诗中变。独贾浪仙乃能于五言律诗中变，是可喜也。昧者必谓'身事'不可对'兰花'二字，然细味之，乃殊有味。以十字一串贯意，而一情一景，自然明白。下联更用'雨'字对'病'字，甚为不切，而意极切，真是好诗，变体之妙者也。"贾岛将"身事"与"兰花"相对，表达对宇宙万物的一种体认，即万物皆有灵性，与人的状态有相通之处，因此人与外物的差距便缩小了。

又如《忆江上吴处士》："秋风生渭水，落叶满长安。此地聚会夕，当时雷雨寒。"方回评曰："或问此诗何以谓之变体，岂'秋风生渭水，落叶满长安'乎？曰：不然。此即唐人'春还上林苑，花满洛阳城'也。其变处乃是'此地聚会夕，当时雷雨寒'，人所不敢言者。或曰：以'雷雨'对'聚会'，不偏枯乎？曰：两轻两重自相对，乃更有力。但谓之变体，乃不可常尔。"

还如《送友人弃官游江左》："寰海多虞日，江湖独往人。姓名何处变，鸥鸟几时亲。"前联中"多虞日"对"独往人"，极为精妙工稳之对，令人赞叹。李怀民对此联评曰："此等不尽是家法，然可以观其对法也。"后联使用了多个典故。变姓名,暗指汉代梅福为避王莽专政,变姓名,隐于会稽,为吴市门卒之事。鸥鸟相亲,用《列子·黄意》意:"海上之人有好鸥鸟者。每旦之海上,从鸥鸟游,鸥鸟之至者百住而不止。"又《世说新语·言语》:"会心处不必在远,翳然林水,便有濠濮涧想也,觉鸟、兽、禽、鱼,自来亲人。"联中"姓名"对"鸥鸟"为轻重对,似在暗示隐者无名,隐含的典故又有伏笔之妙,此对也甚妙。

《送褚山人归日本》:"岸遥生白发,波尽露青山"。此联拟写山人归心似箭,回乡途中因路途遥远而头生白发,及至看到波浪的尽头露出青山,才有终于到家的喜悦。"白发"与"青山"相对,以物对人,以山人家乡的青山对山人因思乡而长出的白发,有不尽感慨与欣慰之意。

《京北原作》:"日午路中客,槐花风处蝉"。日午的路客,可想见其渴与热;槐花风蝉,其清凉闲适令人欣羡。客因有求,故渴热;蝉因无心,故清闲。"路中客"与"风处蝉"相对,一热一凉的比对下,可悟出人生真态。另外"路中客"意象粗疏,"风处蝉"意象细密,以疏对密,别有一番意味。

贾岛对仗中以人对物的情况有很多。如《题李凝幽居》中最著名的两句:"鸟宿池边树,僧敲月下门",将僧与鸟相对,就曾引起争议。王楙《野客丛谈·以僧对鸟》中评:"贾岛诗曰:'鸟宿池边树,僧敲月下门',或谓句则佳也,以鸟对僧,无乃甚乎?"

贾岛诗中以僧或人对鸟、兽、虫等动物的情况不在少数。如《既事》"过声沙岛鹭,绝行石庵僧",《送慈恩寺霄韵法师谒太原李司空》"碛遥来雁尽,雪急去僧逢",《题山寺井》"汲早僧出定,凿新虫自无",《送唐环归敷水庄》"松径僧寻庙,沙泉鹤见鱼"等。

贾岛律诗的句式也常常不拘一格,多有变化。五言律诗惯常造句形式,一般为上二下三句,七言律诗通常为上二中二下三句,符合大众的阅读习惯。此外还有诸多变体,五律有上三下二、上四下一、上一中二下二、上二中二下一等变体,七律有上三中一下三、上二中三下二的变体。胡震亨《唐音癸签》对改变句式的律诗并不满意:"五字句以上二下三为脉,七字句以上四下三为脉,其恒也。有变五字句上三下二者,有变七字句上三下四者,皆塞吃不足多学"。贾岛在律诗句式上求新求变,广泛实践,形成诗歌拗峭多变的节奏,使句子显得错落有致,富于变化,读起来铿锵悦耳。

贾岛五律中上三下二的诗句很多，且常以仄句起，造成奇峭之势。如《寄慈恩寺郁上人》"中秋期夕望"，《送唐环归敷水庄》"毛女峰当户"，《寄柳舍人》"格与功俱造"，《赠李金州》"绮里祠前后"，《送歇法师》"瀑布寺应到，牡丹房甚闲"，《题刘华书斋》"白石床无尘，青松桥有鳞"等。《送空公往金州》起句"七百里山水"也是上三下二句式，且以数字写山高水阔，笔势强劲。

上四下一句式。如《送李戎扶侍往寿安》"二千余里路，一半是波涛"。前句为上四下一句，后句为上三下二句，平起平结，前后两句节奏的变化带出一种不安的心情，表现出对友人旅途艰险的担忧。《送李登少府》"一千寻树直，三十六峰邻"。上四下一句式，造成诗歌散文化的特点。

上一中二下二句式，如《就可公宿》"声不达明君"，《送卢秀才游潞府》"风不起尘沙"，《赠胡禅师》"井凿山含月，风吹磬出林"。

上二中二下一句式，如《赠弘泉上人》："西殿宵灯磬，东林曙雨风。"

上三中一下三句式，如《夏日寄高洗马》"三十年来长在客，两三行泪忽然垂"，《送陕府王司马》"请诗僧过三门水，卖药人归五老峰"。

贾岛对变体句式的运用不仅局限在一联，还会在整首诗中灵活变化使用，呈现多样的艺术效果。如《送金州鉴周上人》首二联"地必寻天目，溪仍住若耶。帆随风便发，月不要云遮"，四句都用了上一下四句式。诗人言说上人要看山，一定要去天目山这样的地方，看水，必得去若耶溪；山人归心似箭，船上的帆一直没有收起，只待风起就出发，月亮也不要被云遮住，照亮上人的征程。诗人表现了山人急切的心情和对山人出行的祝福，都是送行诗里的平常之意。但是诗人打破常规，用变换的节奏将平常意说得深曲不俗，别有新意。

又如《送惠雅法师归玉泉》："只向潇湘水，洞庭湖未游。饮泉看月别，下峡听猿浮。讲不停雷雨，吟当近海流。降霜归楚夕，星冷玉泉秋"。首联出句为上二下三句式，对句为上三下二句式。颈联两句为上一下四句式，颔联和尾联是传统的上二下三句式。全诗正体与变体句式交替使用，整散结合，形成别样的和谐美。

第五章　贾岛五古和绝句的艺术特色

在贾岛的诗集中,还有一定数量的五古和绝句,虽然没有律诗尤其是五律的艺术成就高,但也颇具特色,体现了贾岛多方面的艺术功力。

第一节　古风古调又具乐府特征的五古

清吴乔在《围炉诗话》曾评贾岛的五古名篇,"贾岛之《客喜》《寄远》《古意》,与东野一辙",认为其有孟郊五古的风调。孟郊以五古成就最高,吴乔将贾岛与之相提并论,也是对其五古的肯定。贾岛的五古多创作于返俗应举的初期,诗歌体式上既有古风古调,有的作品还吸收了律诗的特点,在修辞上又采用乐府民歌的手法,艺术上别具特色。

在诗体使用上,贾岛的古诗全是五言,作品数量虽然不多,却也诸体皆备。之所以只写五言,概因五言句短,更为沉郁顿挫,这对于身为穷寒之士的贾岛来说更易于表达凄凉悲苦之音。而且古体诗相对于近体诗而言,不仅形式更加自由,情感的表达也更为直接。比如《望山》:

南山三十里,不见逾一旬。冒雨时立望,望之如朋亲。

虬龙一掬波,洗荡千万春。日日雨不断,愁杀望山人。

　　天事不可长，劲风来如奔。阴霾一以扫，浩翠写国门。

　　长安百万家，家家张屏新。谁家最好山，我愿为其邻。

　　诗人一气呵成，蝉联而下，写望山的原因、经过和感受，抒发对终南山的赏爱之情。由一句不见终南山写起，冒雨一望之下即如朋亲，又因为"日日雨不断"而有愁情直至雨过天晴，结尾处由眼前之景转为表达爱山之情。全诗风格奇峭，抒情直率。

　　贾岛还有几篇五古借鉴了近体诗的写法，为律化的古体诗，呈现出独特的风貌。如《就峰公宿》：

　　河出鸟宿后，萤火白露中。上人坐不倚，共我论量空。

　　残月华晻暧，远水响玲珑。尔时无了梦，兹宵方未穷。

　　诗人描写了与峰公讲论佛法时的周遭环境。首二句以白露点出时节，《诗经·秦风·蒹葭》有"蒹葭苍苍，白露为霜"，用于诗中指秋季。"上人""共我"二句写与峰公谈论的佛法内容。"残月""远水"二句为写景联句，残月弯弯，月色朦胧，远方有泉水，流淌之音清脆悦耳。此二句也可以理解为诗人听讲后感受到的清新境界，迷蒙中又有明彻。这里使用了对偶，为律诗写法。最后二句写谈论忘情，难以入睡，以表现诗人对佛法的倾心与着迷。这首诗没有严格遵守律诗的平仄，而对偶句又有律诗的格局，体制依违于古、近体之间。

　　贾岛还有五言六句的古体，为介于八句的律体和四句的绝句之间的形式，篇幅收敛，情感的表达也更为含蓄，有言简意丰之美。如《枕上吟》：

　　夜长忆白日，枕上吟千诗。何当苦寒气，忽被东风吹。

　　冰开鱼龙别，天波殊路岐。

　　这是诗人意欲作为、不甘平庸的心声表达。在漫漫长夜里，诗人无法入睡，于枕上吟咏诗篇，以遣情怀。傅玄《杂诗》中有"志士惜日短，愁人知夜长"句，写有志之士爱惜时日，奋发进取，只觉时间短暂，而功业无成、愁肠百结之人则觉长夜难熬。诗人以此表达自己功业未成的忧虑。他希望能出现转机，就好像东风吹走冬天的苦寒之气，水面解冻，鱼儿得以化成飞龙一样，离开这庸常的生活。苏绛《唐故司仓参军贾公墓铭》有云："公长材间气，超卓挺生，六经百氏，无不该览"。贾岛如此才华横溢又饱读诗书，因此绝不会甘于平庸。而现实却事与愿违，让诗人无法忍受，因而期盼着拔尘离俗的奇迹出现。诗中的鱼龙别，用意深曲，含蓄不尽。

在诗歌的构思上，贾岛的古体诗构思新奇，譬喻奇特，从而表达出独特的生命体验。如《客喜》就是表现了贾岛诗中独有的苦境：

客喜非实喜，客悲非实悲。百回信到家，未当身一归。

未归长嗟愁，嗟愁填中怀。开口吐愁声，还却入耳来。

常恐泪滴多，自损两目辉。鬓边虽有丝，不堪织寒衣。

诗中表现的是诗人老大无成而起的思乡之情和落魄贫寒的生活境况，读来可谓触目惊心。尤其最后两句"鬓边虽有丝，不堪织寒衣"，写出了无寒衣蔽体的窘困，又由鬓发零落看出诗人因贫寒失意而带来的衰老，实在是悲苦之极，令人感慨。而诗人臆想用仅有的发丝编织寒衣，也可谓为奇思。

贾岛还有一首《双鱼谣》，也是构思颇奇：

天河堕双鲂，飞我庭中央。掌握尺余雪，劈开肠有璜。

见令馋舌短，烹绕邻舍香。一得古诗字，与玉含异藏。

诗下自注为"时韩职方书中以孟常州简诗见示"，因此这是诗人为收到韩愈来信而作。诗人以民间传说中能传书信的鱼雁代指来信，以表达喜悦之情。双鲂，指鱼书。杜甫《观打鱼歌》中"鲂鱼肥美知第一，既饱欢娱亦萧瑟"，诗人以美鱼指称书信，可见对书信的珍爱。双鲂传书，是用《饮马长城窟行》"客从远方来，遗我双鲤鱼。呼儿烹鲤鱼，中有尺素书"的诗意，再将其翻新。璜，为美玉，诗人以此喻指孟简的诗，同样表示珍爱非常之意。诗人收到韩愈的书信，其中还有孟简友人的小诗，真是双倍的惊喜，诗前四句写了见到书信时的反应。后四句仍用比喻，以鱼之美味喻指信之可心，不仅自己快乐，也使邻居也一同分享。而孟简的诗同宝玉一样，内含奇异宝藏。小诗通篇比喻，写得谐趣欢乐，意味不尽。

在诗歌形式上，贾岛的古体诗深受乐府诗的影响，大量使用乐府民歌的修辞技巧和表现手法。如《送沈秀才下第东归》：

曲言恶者谁，悦耳如弹丝。直言好者谁，刺耳如长锥。

沈生才俊秀，心肠无邪欺。君子忌苟合，择交如求师。

毁出疾夫口，腾入礼部闱。下第子不耻，遗才人耻之。

东归家室远，掉鞚时参差。浙云近吴见，汴柳接楚垂。

明年春光别，回首不复疑。

才学俊秀、不从俗流的友人未能被录用,贾岛为其大为不平,赠诗以强烈抨击科举考试的黑暗,其中前十二句最具批判的力度,同时也运用了多种修辞技巧。诗人先以"曲言"二句与"直言"二句起兴,将"曲言"比喻为悦耳的丝竹之乐,将"直言"比为刺耳的长锥,描摹出长官们恶直言、好曲言的丑陋嘴脸。接下来赞扬沈秀才有才有德,是值得交往的朋友。"君子"二句既是说理,还运用了比喻,阐述了贾岛的择友之道,又突出了沈秀才作为朋友的珍贵。后四句指出沈秀才落第的原因,一是"疾夫"的妒嫉与诋毁,二是礼部闱中的官员们不能明察。"下第"句和"遗才"句反复使用了"耻"字形成了复沓,表达了诗人对昏聩的官员们强烈的不满。

又如歌行体古诗《延康里》:

寄居延寿里,为与延康邻。不爱延康里,爱此里中人。

人非十年故,人非九族亲。人有不朽语,得之烟山春。

延康里与延寿里都是唐长安里坊名,两处相隔一光德坊。张籍为太祝时住在延康里,贾岛于元和七年寄居延寿里。此诗为表达诗人对张籍的亲近之意。前两句用"延康"形成复沓和顶针,直写对张籍居所的喜爱,爱其居,实则是爱其人。后四句写喜爱张籍的原因。两人既没有相识十年,也不是九族关系里的亲戚,但是张籍的话语含有不朽的深意,听后令人如沐春风,心情欢悦。诗人使用顶针、复沓、比喻,语言浅切明白,表情真率自然,很具民歌风调。

贾岛五古中其他使用乐府诗修辞手法的情况也是不少。如《寄友人》前四句"同人半年别,一别寂来音。赖有别时文,相思时一吟",反复吟咏"别"字形成复沓。《寄丘儒》前四句"地近轻数见,地远重一面。一面如何重,重甚珍宝片",用了"地远"做复沓,兼用了"一面"为顶针。《寄山中王参》"我看岳西云,君看岳北月。长怀燕城南,相送十里别。别来千馀日,日日忆不歇。远寄一纸书,数字论白发",叠字、复沓和顶针兼用。还有《感秋》"喧喧徇声利,扰扰同辙迹",《辞二知己》"况兹切切弄,绕彼行行躬",《投张太祝》"泠泠月下韵,一一落海涯"等,都使用了叠字。

贾岛的五古还善用比兴手法。如《古意》前四句:"碌碌复碌碌,百年双转毂。志士终夜心,良马白日足"。诗人以转动不停的车轮比喻时光的快速流逝、永不停歇。以此起兴,写有志于功业的文人不眠不休,愿为千里马的志愿。又如《不欺》"掘井须到流，结交须到头"。诗人将结交朋友比喻为掘井，只有坚持才能见到真实的友谊，如同掘井，只有坚持到水流涌出才算成功。还如《辞二知己》首四句："一双千岁鹤，立别孤翔鸿。波岛忽已暮，海雨寒蒙蒙。"将二知己比喻为千岁鹤，自己则喻为孤鸿。千岁鹤，语出《抱朴子·对俗》："千岁之鹤，能登于木，其未千载者，终不集于树上也；色纯白而脑尽成丹"，以此比喻知己道行深厚。再如《寄远》其中四句："门前南流水，中有北飞鱼。鱼飞向北海，可以寄远书。"以流水中鱼比喻书信，以表达寄远之意。这些比兴突出了人或物的特征，形象贴切，又高古有味。

第二节　题材多样、辞浅情深的绝句

贾岛的绝句有七绝和五绝，其中七绝数量较多，艺术成就也较高，鲜明地体现了中晚唐时期七绝的诗法和艺术特征。

在构思上，贾岛的绝句以意为主，以立意为诗，具体表现为在诗歌章法上着意经营，讲究法度。贾岛的七绝"多以第三句为主，第四句发之"，以追求"婉曲回环，删芜就简，句绝而意不绝"[1]的艺术效果。如《访鉴玄师侄》《夜坐》《酬朱侍御望月见寄》《和韩吏部泛南溪》《酬姚合》等诗，都属于这种情况。除此之外，还有四句蝉联一气的，如《阮籍啸台》《夏夜上谷宿开元寺》《赠丘先生》《夜期啸客吕逸人不至》等，还有四句平行的，如《登田中丞高亭》《题鱼尊师院》《方镜》等。因此贾岛的七绝也很能体现"状难写之景如在目前，含不尽之意见于录外"（《六一诗话》）的特色。

在题材上，贾岛的七绝以表现日常生活与个人情怀为主，常以个人的见闻感受入诗，有酬赠、送别、怀古、抒怀、咏物等，内容丰富，诗风平实。

---

①元载《诗法家数·绝句》，何文焕《历代诗话》，中华书局，1981年。

贾岛酬赠、送别、咏怀的七绝，一般都情景交融，情味悠长。如《闻蝉感怀》："新蝉忽发最高枝，不觉立听无限时。正遇友人来告别，一心分作两般悲"。诗人听到蝉在树的高处鸣叫，不觉驻足倾听，忘记了时间。因何这般着迷于蝉鸣？诗人虽未明说，但也可感知他沉浸在身世的感伤中。这时友人前来告别，诗人本已伤悲，又遇送别，更是悲上加悲，受两般悲愁。诗人以蝉鸣引出身世之悲，后又加上离别，倍添愁情，令人深感同情。

又如《夜期啸客吕逸人不至》："逸人期宿石床中，遣我开扉对晚空。不知何处啸秋月，闲著松门一夜风。"诗人夜里等待逸人来宿而不至，却听着不知何处传来的啸声。逸人是避世隐居之人，他们不愿仕进，洒脱出世，贾岛最为欣羡，时常往来。诗人原本希望这位吕逸人与他同宿，对着夜空畅谈，只可惜开着门等了一夜，逸人也没有来，却听到远处的啸声。古人有以长啸抒怀的爱好，隐居之人尤善此道。诗人以长啸表达了对逸人生活方式的倾慕和欣赏。

贾岛诗极少涉及情爱，仅有《友人婚杨氏催妆》，写得欢快活泼：

不知今夕是何夕，催促阳台上镜台。

谁道芙蓉水中种，青铜镜里一枝开。

诗中写新婚夫妇早上起来，夫君催促新妇梳妆打扮的内容，表现了夫妇间甜蜜的感情。首句写新婚夫妇如在梦中，故不知时日。《诗·唐风·绸缪》中有"今夕何夕，见此良人"句，杜甫也在《赠卫八处士》中有"今夕复何夕，共此灯烛光"。诗人当是化用而来，以表现夫妻新婚时的浓情。第二句中的阳台，语出宋玉的《高唐赋》"妾在巫山之阳，高丘之阻。且为朝云，暮为行雨，朝朝暮暮，阳台之下"，在这里指新婚。一二句都用了句中对，以"今夕"对"何夕"，以"阳台"对"镜台"，形成了语言上的回环反复。后两句中把对镜梳妆的新娘比喻成在镜中盛开的芙蓉花，以表现新娘的美貌。而且以"谁道"形成反问的语气，反映出在旁观看的丈夫对着美丽的妻子那种欣赏和喜悦。这首小诗写得谐趣清新，活泼灵动，富有生活气息，虽然是贾岛诗集中仅存的一首，但却让人得以看到诗人难得一见的另一面。

贾岛描绘个人生活见闻的七绝，通常写得清淡平和，饶有情致。如《夏夜上谷宿开元寺》：

诗成一夜月中题，便卧松风到曙鸡。

带月时闻山鸟语，郡城知近武陵溪。

诗人写夏夜里住宿开元寺的所闻，表现寺院的清静。诗人夜里因题诗而不眠，索性卧听松涛到天明。因为月下曾听见山鸟啼叫，天亮后才知此地靠近武陵溪。武陵溪，出自陶渊明《桃花源记》，"晋太元中，武陵人捕鱼为业，缘溪行，忘路之远近"。诗人用远离尘嚣的桃花源代指开元寺，以赞其清静。

又如《宿村家亭子》：

床头枕是溪中石，井底泉通竹下池。

宿客未眠过夜半，独闻山雨到来时。

诗人夜宿村家，由头下的石枕，敏锐地感知到水井下方通向池塘。由首两句既可知夜半时分的静，也可知诗人感受的细致入微。后两句，夜半时分诗人仍然无眠，独自一人听到了山雨的到来。夜卧听雨，不仅雅致，也有几分独与自然同在的意味。

贾岛咏史怀古的七绝，大多即景生情，有感而发，将深沉的怀古幽情寄于景物描写中。如《阮籍啸台》：

如闻长啸春风里，荆棘丛边访旧踪。

地接苏门山近远，荒台突兀抵高峰。

这是诗人踏访啸台的所见所感。阮籍，魏晋时期的竹林七贤之一，曾任步兵校尉，又称阮步兵，通玄学，善啸，曾与苏门隐者孙登在啸台谈玄，并长啸而去。这种风流人物自是令贾岛欣赏，所以首句"如闻长啸春风里"，写出诗人对阮籍倾慕已久。第二句写啸台荆棘丛生，表示此地久无人至或已被人忘却，虽荆棘丛生，仍有诗人来访，表明诗人对时俗的鄙薄。后两句写啸台地理位置的重要。啸台地处要道，与苏门山相接，上与山峰一齐。诗人以啸台的地理位置重要，反衬前句的无人问津，表明当今古道不行。又以啸台与高峰相齐，以示其在诗人心目中的地位，与时人的遗忘形成对比，表现出诗人特立独行的气质。

贾岛的五绝多写山水、送别、咏怀、寄赠等，数量不多，却可见乐府、民歌的影响，很能体现贾岛诗歌的艺术特色。

贾岛有好几首乐府风格的五绝，如《剑客》《寄远》《送别》《绝句》《壮士吟》等，在五绝中占有很大比重，说明贾岛对乐府五绝的重视。贾岛刻

意模拟古诗声口,加入个人情怀,不仅充满了盎然的古意,又意蕴丰富,耐人寻味。如《送别》:

> 丈夫未得意,行行且低眉。素琴弹复弹,会有知音知。

贾岛塑造了一个虽不得意但仍心怀志向、努力进取的大丈夫形象,以表达自己的心声。诗中开篇即言"未得意"之态,以"行行"表现其奔波之状,以"低眉"表现其垂头丧气之貌,令人可感受到诗人低回抑郁的情绪。后二句转而高昂,以"素琴弹复弹"表达"吾将上下而求索"的执著进取的决心,又借《古诗十九首》中"不惜歌者苦,但伤知音稀"的诗句反其意而用之,表达渴望寻求知音之意。贾岛以古诗的素材表达个人的心意,手法十分新颖。

贾岛还有一首民歌风味的五绝《昆明池泛舟》:

> 一枝青竹榜,泛泛绿萍里。不见钓鱼人,渐入秋塘水。

诗人用寥寥二十字,勾画出清新明快的水乡风景。画面色彩明快,语言轻灵爽利,有如六朝小调,清新可喜。

贾岛还有些别具特色的五绝,如《上乐使君救康成公》:

> 曾梦诸侯笑,康囚议脱枷。千根池里藕,一朵火中花。

康成公为普州官吏,因事下狱,时贾岛迁普州仓参军,献诗给普州刺史乐使君为其求情。诗人以梦领起全诗,含蓄地表达愿望,又对成公其人有所品评。首二句用十字句,连用两个典故,委婉含蓄地提出释放康成公的想法。诸侯笑,用的是《史记·孔子世家》中事:"康子欲招仲尼,公之鱼曰:'昔吾先君用之不终,终为诸侯笑;今又用之,不能终,是再为诸侯笑'"。诗中诸侯,当指普州之士大夫。贾岛用这个典故的用意在于讽谏使君用人当有始有终,可免为人所笑。"康囚议脱枷",为倒装句,正序为"议脱康囚枷",用的是《北史·宋游道》中事:"游道被禁狱,狱吏欲为脱枷"。后二句议论康成公的人品,以"火中花"喻指成公不俗。"火中花"仍用典,《维摩诘经》中喻维摩诘居士为"火中莲花",以明居士在如火狱的世俗中,仍能超越自我,一心向道的风采。此诗仅二十字,用典却如此密集,感情色彩又如此浓厚,是贾岛诗中少见的作品,可看出其感情浓烈的一面。

五绝中还有些作品,极具贾岛诗辞浅情深的特色,如《寄令狐相公》:

> 策杖驰山驿,逢人问梓州。长江那可道,行客替生愁。

开成二年,贾岛责授遂州长江县主簿,因令狐楚为此事出力甚多,故贾岛赴任时寄诗以表谢意。这首诗主要写赴任路途遥远艰辛的情形。诗人扶着手杖，逢人便打听梓州在哪里。可是长江地处偏远，不易到达，同行之人都为诗人发愁。任长江主簿时，贾岛已是五十九岁的老人，多年的贫寒生活损害了他的健康，因此漫长的行程势必会让他不堪劳累。贾岛诗中并没有正面描述，而以旁人的担忧传递出旅途艰辛，而所到的终点却仍遥不可知，令人可想而知诗人此时的困窘艰难，这样的情形让人读后陡生心酸苦涩之感。

第六章　贾岛诗歌与佛教

贾岛少年出家，三十余岁还俗，在佛门中修行的这段时光，正是他思想和观念形成的时期，因此即便他后来还俗应举，进入世俗生活，佛教对他的影响仍如影随形，至为深刻。佛教作为完全避世的哲学，是文人们在仕途挫折失意后的避风港，是排解忧愁、消除烦恼的最后选择，因此由入世转为出世，是自然无碍的转换过程。而贾岛则反其道而行之，他以清静无为的僧人形象进入尘世，如果仅是行走红尘还无大碍，可是他偏偏去追求世俗中烦恼最多的功名，由出世转而入世的过程中必然会遭遇诸多的困难。贾岛在长安二十余年，徒有用世之心，虽四处努力干谒，"日日攻诗亦自强，年年供应在名场"（姚合《送贾岛及钟浑》），最后却以"十恶"之名被逐出考场，以责授方式得一小官。这样的结局，不仅是因贾岛不善程式以及当时的政局与时代的不利因素，还有一个不容忽视的事实，就是他早年佛门中形成的思想与观念使他始终无法与世事融合，或者换句话说，贾岛在尘世的生活中始终没有去除掉佛教的影响。到了晚年，面对中举无望、老无所成的情形，贾岛的思想也更加倾向于佛教。因此如闻一多在《唐诗杂论·贾岛》中所言，"我们该记得贾岛曾经一度是僧无本。我们若承认一个人前半辈子的蒲团生涯，不能因一旦返俗，便与他后半辈子完全无关，则现在的贾岛，形貌上虽然是个儒生，骨子里恐怕还有个释子在"。

佛教对贾岛的影响，在其诗歌创作上有突出的表现。明陆时雍《诗境总论》中评"贾岛终身衲气不除"。南宋胡仔有云："岛尝为衲子，故有此枯寂气味形之于诗句也"(《苕溪渔隐丛话后集》卷十一）。这些评论都指出了贾岛诗歌中有浓重的佛教色彩。

第一节　佛家事物、掌故、义理的大量使用

贾岛与佛门中人有广泛的交往，还经常到各地的寺院踏访游历。这些内容的作品在贾岛诗集中占有相当的数量。笔者以黄鹏《贾岛诗集笺注》为依据，收录的421首作品中，贾岛与禅师、和尚、法师、上人等人交往的作品有61首，踏访寺院的作品有13首。这两类作品加起来，占贾岛作品总量的六分之一还多。除此之外，贾岛还有一些表现禅境或佛理的诗，如果都加在一起，总量相当可观。

贾岛诗中常表现僧人的修行与日常生活。如坐禅或禅定："步随青山影，坐学白塔骨"(《赠智朗禅师》），"写留行道影，焚却坐禅身"(《哭柏岩和尚》），"林中秋信绝，峰顶夜禅遥"(《寄龙池寺贞空二上人》），"漱泉秋鹤至，禅树夜猿过"(《送厉宗上人》），"禅定石床暖，月移山树秋"(《赠无怀禅师》），"月落看心次，云生闭目中"(《寄华山僧》），"秋月离喧见，寒泉出定闻"(《送唯一游清凉寺》）等。如日常生活："船里犹鸣磬，溪头自曝衣"(《送僧游衡岳》），"寒蔬修净食，夜浪动禅床"(《送天台僧》），"行李经雷电，禅前漱岛泉"(《送丹师归闽中》），"锡挂天涯树，房开岳顶扉"(《送知兴上人》），"秋江洗一钵，寒日晒三衣"(《送去华法师》），"一食复何如，寻山无定居"(《喜无可上人游山回》）等。若非不是亲身经历过佛门生活，其他人很难能像贾岛这样自然熟稔地写出种种细节。

由于多年的修行，贾岛对佛门用语非常熟悉，常在诗中自如地运用。

"上人坐不倚，共我论量空"(《就峰公宿》）。量空，指佛教中的量论与空论。量论，即指有关量之研究。故量论即表示获得正确知识之方法，及借此方法所获知之结果。空论，是佛经中讨论世界真实的学说，分空、有二派。量空皆为佛经中的精义。

"金玉重四句，秕糠轻九流"（《题岸上人郡内闲居》）。四句，指佛教偈句。偈句，梵语偈陀，偈颂，佛经中的唱词。以三字以至八字为一句，以四句为一偈。

"自嫌双泪下，不是解空人"（《哭柏岩和尚》）。解空，悟解诸法之空相，即消除烦恼障。

"身从劫劫修，果以此周生"（《赠无怀禅师》）。果，原指草木的果实，转指由"因"所生出的结果。一切有为法，乃前后相续，故相对于前因，则后生之法，称为果。又指由道力所证得的果位。

"流年衰此世，定力见他生"（《赠庄上人》）。定，意为注心一境，不散乱。修"定"能产生伏除烦恼妄想之力，故称定力，为三十七菩提分法中"五力"之一。

"一心无挂住，万里独何之"（《送道者》）。挂住，即挂碍、执着。障于前后左右上下而进退无途，挂为四面之障碍。《般若心经》曰："依般若波罗蜜多故，心无挂碍，心无挂碍故，无有恐怖。"

其他还如"誓从五十身披衲，便向三千界坐禅"（《题童真上人》），"清静从沙劫，中终未日欹"（《送谭远上人》），"落涧水声来远远，当空月色自如如"（《寄无得头陀》），"三更两鬓几枝雪，一念双峰四祖心"（《夜坐》）等。

对于贾岛诗中大量使用的佛语及佛家典故，李怀民在《重订中晚唐诗主客图》中评："非无本不能道此；未深于宗旨者未可深学"。

贾岛还在许多作品中表现出对佛理的精深体悟。如：

"无师禅自解，有格句堪夸"（《送贺兰上人》）。无师禅自解，即谓心无外求。《传灯录》云："一切佛法，自心本有，将心外求，舍父逃走。""即今问我者，是汝宝藏一切具足，更无欠少，使用自在，何假向外求觅？"《坛经》云："若遇善知识，闻真正法，自除迷妄，内外明彻，于自性中万法皆观。见性之人亦复如是，此名清静法身佛。"

"解听无弄琴，不礼有身佛"（《赠智朗禅师》）。不礼有佛，即为"我身是佛，何更外求"（《传灯录》）。也就是所谓性即是佛。《六祖坛经》曰："性即是佛，离性无别佛。"《顿悟入道要门论下》曰："僧问何者是佛？师曰离心之外，即无有佛。"《达摩血脉论》曰："一切时中，一切处所，皆是汝本心，皆是汝本佛。"

"欲别尘中苦，愿师贻一言"（《题竹谷上人院》）。这两句写由师父直言、直示，一言即可使弟子顿悟自性，见性成佛，离苦得乐。之所以如此，是因为人人皆有佛性，只要"自识本心""自性自悟"，见性即可成佛，得到解脱。

"言归文字外，意出有无间"（《送僧》）。言归文字外，即指"教外别传，不立文字。直指人心，见性成佛"，是禅宗的主要特色。不立文字重点在强调禅宗"以心传心"的特质。亦即禅宗以为心法只能以心相传，故不须别立文字。

贾岛不唯在诗中使用上述的佛语、佛典和佛理，还经常使用僧人的形象，以表现所写人物的志趣和风尚。如：

"松径僧寻药，沙泉鹤见鱼"（《送唐环归敷水庄》）。将僧与鹤相对，写僧寻药如鹤见鱼般的自在优游；又以鹤之高而瘦的外形特质喻指僧独立世外的精神面貌。而此处之僧，又是诗人用来喻指唐环的形象，以表现其无心名利、不问世事。

"过声沙岛鹭，绝行石庵僧"（《即事》）。石庵僧为诗人自指。将天上飞鹭与独行僧人对举，以表达诗人孤寂悲凉之感。

"值鹤因临水，迎僧忽背云"（《秋暮》）。此处的僧，也是诗人自指。鹤见僧而背，可知僧为鹤所不喜。《列子》中有《好鸥鸟者》："海上之人有好鸥鸟者，每旦之海上，从鸥鸟游，鸥鸟之至者百住而不止。其父曰：'吾闻鸥鸟皆从汝游，汝取来，吾玩之'。明日之海上，鸥鸟舞而不下也。"诗人取其意，以表现自己交游稀少。

"墨研秋日雨，茶试老僧铛"（《原东居喜唐琪频至》）。老僧，为贾岛自指。将秋日与老僧相对，极为奇妙，表现出诗人的闲淡洒脱的情致。

"过山干相府，临水宿僧家"（《送卢秀才游潞府》）。将相府与僧家相对，既是实写，也可理解成比喻。以相府喻秀才热衷世俗功名，以僧家喻超然世外。二者并提，以表现秀才为中举也要不能免俗地去干谒攀缘，但自有冰心不为世事所移。

"劝酒客初醉，留茶僧未来"（《早春题友人湖上新居二首》其一）。将酒茶对举、客僧相对，意在表现新居主人的闲适与逸趣。

"秋江待得月，夜语恨无僧"（《送崔定》）。文人与僧人谈诗论禅是风雅之事，唐文士也多以与僧人的交游为时尚。此句中的恨无僧，即是表现崔氏的这一志趣。

"梨栗猿喜熟，云山僧说深"（《怀紫阁隐者》）。云山句说僧的居所幽深难至，含有问询的意义。为何向僧问询，概因僧人四处游方，亲近山水，人迹罕至之处只有僧人才知。由是也可知，诗中隐者隐居世外，唯与僧人交往，令人可想见其不涉世事、超然洒脱的面貌。

唐代诗人常以钟磬入诗，以表现禅味和诗意。贾岛也不例外，而且相比其他诗人，他对钟磬的运用更为多样。他在表现寺院和僧人的作品中引入钟磬，如"吴山钟入越，莲叶吹摇旌"（《送姚杭州》），"五更钟隔岳，万尺水悬空"（《寄华山僧》），"山钟夜渡空江水，汀月寒生古石楼"（《早秋寄题天竺灵隐寺》），"暮磬潭泉冻，荒林野烧移"（《送觉兴上人归中条山兼谒河中李司空》），"石磬疏寒韵，铜瓶结夜澌"（《送贞空二上人》），"磬过沟水尽，月入草堂秋"（《寄无可上人》），"霜下磬声在，月高坛影微"（《元日女道士受箓》）等。在其他写景句中也爱用钟磬之声传递逸趣与情思。如"或云岳楼钟，来绕草堂吟"（《明月山怀独孤崇鱼琢》），"漏钟仍夜浅，时节欲秋分"（《夜喜贺兰三见访》），"钟远清霄半，蝈稀暑雨前"（《过雍秀才居》），"夕繁仍昼密，漏间复钟和"（《积雪》），"锁城凉雨细，开印曙钟迟"（《宿姚少府北斋》），"井通潮浪远，钟与角声寒"（《寄毗陵彻公》），"远山钟动后，曙色渐分明"（《早行》），"磬通多叶隙，月离片云棱"（《夏夜》），"精灵归恍惚，石磬韵曾闻"（《哭张籍》），"松枝影摇动，石磬响寒清"（《宿姚合宅寄张司业籍》）等。

贾岛数量众多的与僧众交游和游方寺院的诗歌，以及诗中大量出现的佛语、佛典、佛理和僧人的形象，一方面说明诗人虽然脱离佛门，但心理上与佛门仍然亲近，而且贾岛在长安生活困窘之时，也常寄宿于寺院，得到僧侣衣食上的照顾。可以说，贾岛与佛门的关系从未有间断，所以必然在作品中有直接的表现。另一方面也说明，佛教对贾岛的影响决定了其生活的方式与作品的主要面目，这也是其诗"僧衲气不除"的根本原因。

本节所举，只是佛教对贾岛诗歌影响的表象，更深入的影响，则表现在贾岛诗歌的意境及创作的方法上。

第二节　不肯一笔犹乎前人的苦吟之功

　　诗思是无言的，但将其传递出来，也同样离不开语言。禅与诗都不离文字，同时也不在文字，对二者的关系，贾岛的表述是"言归文字外，意出有无间"（《送僧》）。这种理解很接近禅宗顿悟的感觉。但是落实到贾岛的作品上，却并无"不着一字，尽得风流"的气韵。贾岛曾自言"止息乃流溢，推寻却冥濛"（《投孟郊》），当他平静之时，内在一片充实，但要从中把握到什么，却感到茫然而无所得。贾岛的这种感受在晚唐诗人的作品中也有表述，如"几处觅不得，有时还自来"（贯休《诗》），"诗在混茫前，难搜到极玄"（齐己《寄谢高先辈见寄二首》）。说到底，这实际就是诗思不敏的缘故。诗思难以把握，却必须捕捉；难以言传，又必须言传。对此困境，贾岛选择以苦吟的方式来应对。他的《戏赠友人》形象地表述了自己的作诗方法：

　　一日不作诗，心源如废井。笔砚为辘轳，吟咏作縻綆。

　　朝来重汲引，依旧得清冷。书赠同怀人，词中多苦辛。

　　心源，就是诗思，只有作诗才能被激发，唯有经常作诗，诗思才不会枯竭。贾岛以水井汲水比喻诗的创作过程，无水之井就是废井，如果有水而不能日日汲取，也同样是废井。以笔砚为辘轳，吟咏为井绳，反复汲引，才能得到清冷之诗。同时，贾岛也以"词中多苦辛"道出了反复吟咏、搜求诗思之苦。在他其他诗句中也有类似的表达，如"两句三年得，一吟双泪流。知音如不赏，归卧故山秋"（《题后诗》），"默默空朝夕，苦吟谁喜闻"（《秋暮》），"三月正当三十日，风光别我苦吟身"（《三月晦日赠刘评事》）等。

　　贾岛苦吟所倚赖的，除了日日搜求的勤勉外，还有就是在禅宗寂然观照的方式下体认深细、刻画精深的功夫，在炼字、炼句、炼意上极有功力。

　　比如炼字的佳句：

　　"瀑流莲岳顶，河注华山根"（《马戴居华山因寄》）。华山远望如莲花盛开，又有说其顶有千叶莲花，因此有莲岳之称。瀑布从华山最高处直流而下，黄河在华山脚下转入东海。句中"顶"字显出华山之高，"根"字状写山势稳健，二字用得极为形象。

"流星透疏木，走月逆行云"（《宿山寺》）。这两句刻画眼前景十分精到，虽然很多诗评家对此毁誉不一，但"透""走"二字用得精准。尤其"逆"字将月与云在夜空中排列的静态转为动态之美，甚为妙用，《唐诗别裁》赞曰："顺行云则月隐矣，妙处全在'逆'字"。

"峰头盘一径，原下注双河"（《王侍御南原庄》）。前句中"盘"字将小路顺山势蜿蜒而上的形态刻画得凝练有力，后句中"注"字描摹出双河汇流的画面，李怀民评曰"盘字匠，注字匠"。

还如炼句之作：

"细响吟干苇，馀磬动远萍"（《送韩湘》）。

"独树依冈老，遥峰出草微"（《偶作》）。

"磬过水沟尽，月入草堂秋"（《寄无可上人》）。

"疏衣蕉缕细，爽味茗芽新"（《黄子陂上韩吏部》）。

这些写景句都从细小处入手，描写事物组合之下微妙的特质，此种微妙唯有屏息静观之下才能捕捉。《贯华堂选批唐才子诗》评价贾岛诗作时说："先生作诗，不过仍是平常心思、平常格律，而读之每每见其别有尖新者，只为其炼句、炼字，真如五伐毛、三洗髓，不肯一笔犹乎前人也"。这个评价很能概括贾岛苦吟的功力。

但是贾岛的苦吟，对其诗也有伤害。由于诗思不足、才气稍弱，他创作之时往往先有单句，之后才敷衍成篇，因此贾岛诗作常有句无篇，或因拼凑而显得诗意不够连贯。他推敲的名句"鸟宿池边树，僧敲月下门""独行潭底树，数息树边身""秋风吹渭水，落叶满长安"等，就属此种情形。《姜斋诗话》评"秋风生渭水，落叶满长安"句："诗文有主有宾，无主之宾谓之乌合。俗论以比为宾，以赋为主，以反为宾，以正为主，皆塾师赚童子死法耳。立一主以待宾，宾无非主之宾者，乃俱有情乃相浃洽。若夫'秋风吹渭水，落叶满长安'，于贾岛何与？"此论就是批评"秋风"句与诗中前后皆不相合、也与主题无干的弊病。

因此，贾岛以苦吟之功、推敲之力形成了自己诗歌的岛样特色，体现了佛教对其诗歌深层影响，但也有为人所诟病的败阕，基本可以归结为自身才力的问题。

结　语

唐代诗坛名家辈出，贾岛显然不能与李杜、王孟并列，也不能与元白比肩。在元和、长庆间元白、韩孟两大诗派中，贾岛被附于韩愈名下，或列于孟郊之后。在诗论家的笔下，贾岛至多是一位二流的诗人。但是贾岛秉持着对诗歌艺术的追求，苦吟搜求，在以五律为主的诗歌创作上形成了独具特色的贾岛格，对后代的诗歌也有着深远的影响，因此贾岛其人其诗也具有很大的研究价值。

关于贾岛的生平遭际，唐及后代的记载都欠完整周详，且有抵牾之处。而贾岛诗作中对自己的家世、生平也极少涉及。因此到目前为止，贾岛事迹中仍有几处面目模糊，不甚明朗，学界的看法也尚未统一。通过贾岛及友人的诗作，结合相关的历史资料，我们基本可以梳理出贾岛一生的行迹。贾岛家境贫寒，为生活所迫早年出家为僧，在寺院里与青灯古卷为伴，遍读诗书。但清静的修行并不能消除贾岛强烈的诗歌理想，所以积极投诗与张籍、韩愈、孟郊等诗学大家，后来被韩愈所赏识，在其劝说下还俗，到长安应举。贾岛在长安生活了二十余年，生活贫穷不堪，在几无生计的情况下仍专精于诗艺，苦吟不止。但虽"日日攻诗亦自强，年年供应在名场"，却始终未得一第。主要原因在于，贾岛所处的时代，正是唐代在安史之乱后走向衰败的时期，宦官专政、牛李党争愈演愈烈，科举考试早已失去了公平性，因此虽有韩愈等人多方援引，也终不能帮助他中第。而贾岛性格孤高冷峻，以才华自矜，有感于科举不公及权贵谋私等社会的黑暗，大胆发声以表不满与愤懑，还为他招致了祸患，最后因飞谤而得"十恶"的声名，被逐出考场。后来于五十九岁时责授遂州长江县主簿一职，三年后迁为普州司仓参军，后在任上去世。

　　贾岛虽然未能实现自己的诗歌理想和功名愿望，但他在诗歌创作上的刻苦与坚持，使他的诗歌形成与前代与同时期的诗人全然不同的"贾岛格"。

　　在诗歌内容上，贾岛并非如前人所言，一味苦僻地抒写个人的遭际与情怀，他的作品仍有比较丰富的内容。贾岛很少有直接反映社会现实的作品，他往往将中唐时代的许多重大问题作为情境的背景或组成部分连带提及。然而如果将贾岛散见于诗集中反映战乱的诗句连缀起来，可真切地看到安史之乱后唐王朝国力下降、民族矛盾加深、外敌大举入侵的危机现实，也可以看到经济破坏、民生凋敝的凄惨状况，诗人爱国爱民的热切之心鲜明可鉴。贾岛困守举场二十多年，屡试不第，对中唐科举的弊端与黑幕有深刻的了解，对其危害也有切肤的感受，因此诗作中也多有揭露。贾岛对自己贫穷困窘的生活书写较多，表现了生活无着、贫病交加之下寒士的心态与气节。虽然地位低下、贫寒清苦，贾岛却交游广泛。他既重视韩愈、孟郊、张籍、姚合这些志同道合的师友，又对其他友人不分显达与卑微，皆能推心置腹，诚挚以待，贾岛诗集中大量的交游诗充分体现了他与友人忧喜同心的真挚友情。贾岛对个人情怀表现甚多，他的诗作完整地记录了他一生的心路历程。当他离开佛门、毅然投身尘世时，心中有着强烈的自信和对未来之路的志忐与担忧；当屡屡受挫、功名无望之时，他又陷入了老大无成的惶恐与沮丧中。继续追求仕进还是归隐江湖，贾岛后半生一直在矛盾中纠结，在佛与儒的思想中不断进出，在进与退的人生选择中彷徨失据。

　　贾岛诗歌的风格，历代诗家有多种表述和评价，如"郊寒岛瘦"等，但是只从一个方面概括，不能代表贾岛全面的风格。所以在本书中，作者将贾岛的诗风总结为奇僻、清新、平淡。

　　贾岛诗歌的奇僻，首先表现在诗歌意象的选择上。贾岛非常着意于对琐屑幽微乃至怪奇之物的描绘，虽然基本都是常见事物，但他表现的是这些事物衰败病残怪、为人所不喜的状态，如破阶、怪禽、枯株、羸马、树瘤等。或者是人们很少接触、不易亲近的事物，如蛇、虫。贾岛能敏锐地捕捉到这些意象与他特定心绪或境遇相契合之处，因此用在诗中传递深幽的情感。贾岛还追求炼字、用词上的精到，也是最能体现他苦吟用力的地方。第三，贾岛作诗构思奇特,常有跳出一般思维的表达,须细细体味后方能领会诗人的幽思。奇僻,还体现在句式的运用上。贾岛常使用倒置法表达委曲深致的情思,但是也有使用失当的情况,造成诗意上的弊病。

贾岛诗歌的清新,一是指贾岛在禅宗思想的影响下,构建出充满禅意的静意象,使作品呈现出一种空明澄澈,有超脱凡俗的气质。二是指语言清爽简练,不落俗套。三是指贾岛描写穷困的生活同时又有坚守清贫、不改本心、不堕青云之志的意味。四是指贾岛诗中常有的清峻苦寒之气,这是由穷困的生活和艰难的求举经历、功业不成的挫败而造成的心理状态,在这种心理状态观照的外物,都具有阴冷与悲寂的特点。五是指立意与艺术表现上戒绝陈熟、力求新异。

贾岛诗歌的平淡,在选象造境上,以眼前景,寻常事入诗,深幽入微地传达常人难以体认的感受。在语言上,很少用典,常以寻常语言摹景写物,表情达意,语言上呈现一种"言归文字外,意出无意间"的自然省净的特点。在写景句中,贾岛选取的景物多静谧深幽,呈现静态之姿,少有气势奔放流动的场景,都有写景如画、清新淡远的特点,读来韵味悠长。在抒发情感上,贾岛从没有激情奔涌的宣泄,也极少高昂澎湃的直抒胸臆,更多的时候是深衷浅貌,短语长情,显得格外的和婉幽淡。贾岛平淡的诗风,与禅宗思想对他的浸润有很大关系。禅宗是彻底的避世主义哲学,无论是澄澈宁静的观照方式,还是无心无念的生活态度,都造就一种绝不激动、平静淡泊的心境。贾岛的诗歌创作正是禅宗思想影响下的产物,诗人将所处的环境和遇到的人与事作为观照的背景,在其中体会自心的感受,觉察本心的变化。这种自省与内在观照的方式,必然会摒弃世俗常见的情感,转而传递更深幽的内在感受。但是贾岛毕竟不是纯粹的佛教徒,他还未达到通脱的境界,因此情感即便不强烈,但仍有俗世中人的各种感受。贾岛诗歌语言的平淡来自禅宗"不立文字"的主张。"不立文字",主要是指不执着、黏滞于文字。但诗歌正需要文字的表达,因此以禅入诗讲求不落文字的窠臼,遣词造句天然无雕琢之迹。因此为达到言与意的统一,诗人必然要力求语言的平淡。贾岛以苦吟的方式获得平淡的艺术效果,属于刻意造平淡的途径。所以,贾岛是中晚唐将禅宗思想与诗歌创作结合最好的诗人。他平淡的诗风既有对传统艺术风貌的继承,又以个人的才力努力创新终成独具特色的贾岛格。

贾岛律诗，尤其是五律的艺术特色，主要有三方面。一是情景交融，凝练自然。在处理情与景的关系上，他大致采用五种方式：首尾写景，中间叙事或直接抒情；首尾叙事抒情，中间写景；先叙事，后写景寄情；仅后半部或尾联写景；全篇写景。诗中情与景的形式多样，一情一景的情况固然不少，也有其他不同的写法，成功的佳作佳句也不少，做到了"状难写之景如在目前，含不尽之意于言外"。二是格律精严，不守故常。贾岛除音律精严的作品外，还多用变体，有拗体、蜂腰体、折腰体等。在诗歌体式上还打破传统的章法，成功运用诸多变化的样式，如单行体、搏挽法、逆挽法等。三是对仗多变，句式灵活。贾岛诗中经常采用的对仗方式有流水对、假对、当句对、隔句对、轻重对，运用这些方式而成的诗句，与沿用盛唐熟境常调而反复吟咏的诗歌相比，变化非常明显，更能体现贾岛的艺术追求。贾岛律诗的句式也常常不拘一格，多有变化。五言律诗惯常的造句形式，一般为上二下三句，七言律诗通常为上二中二下三句，符合大众的阅读习惯。此外还有诸多变体，五律有上三下二、上四下一、上一中二下二、上二中二下一等变体，七律有上三中一下三、上二中三下二的变体。

贾岛的古诗，全是五言，作品数量虽然不多，却也诸体皆备。有的还借鉴了近体诗的写法，为律化的古体诗，呈现出独特的风貌。在诗歌的构思上，贾岛的古体诗构思新奇，譬喻奇特，从而表达出独特的生命体验。在诗歌形式上，贾岛的古体诗深受乐府诗的影响，大量使用乐府民歌的修辞技巧和表现手法。

贾岛的七绝在构思上，以意为主，以立意为诗，具体表现为在诗歌章法上着意经营，讲究法度。在题材上，以表现日常生活与个人情怀为主，常以个人的见闻感受入诗，有酬赠、送别、怀古、抒怀、咏物等，内容丰富，诗风平实。贾岛的五绝多写山水、送别、咏怀、寄赠等，数量不多，却可见乐府、民歌的影响，很能体现贾岛诗歌的艺术特色。贾岛有乐府风格的五绝在作品中占有很大比重，可见其对乐府五绝的重视，创作上刻意模拟古诗声口，加入个人情怀，不仅充满了盎然的古意，又意蕴丰富，耐人寻味。还有的五绝极具贾岛诗辞浅情深的特色。

贾岛在佛门中修行的时光正是他思想和观念形成的时期，即便他后来还俗应举，进入世俗生活，佛教对他的影响仍如影随形，至为深刻。到了晚年，面对中举无望、老无所成的情形，贾岛的思想更加倾向于佛教。佛教对贾岛的影响，在其诗歌创作上有突出的表现。他大量使用佛家事物、掌故、义理，常表现僧人的修行与日常生活，自如地运用佛语典故，还在许多作品中表现出对佛理的精深体悟。他还在诗中使用僧人的形象，以表现所写人物的志趣和风尚。常以钟磬入诗，以表现禅味和诗意。贾岛诗中出现的这些佛禅因素，一方面说明诗人虽然脱离佛门，但心理上与佛门仍然亲近，所以必然在作品中有直接的表现。另一方面也说明，佛教对贾岛的影响决定了其生活的方式与作品的主要面目，这也是其诗"僧衲气不除"的根本原因。

禅宗的坐禅，追求在瞬间领悟永恒的虚空，达到"心冥空无"，其观照方式是"寂照"，以寂然之心去观照万物寂然的本质。寂照是一种直觉观照与沉思冥想，使观照的对象与人的心灵相互交融，浑然一体，人更能清晰地感知观照对象的特质。在这种观照方式下进行诗歌创作，贾岛常追求静与空的艺术境界。在诗句中，可以感受到诗人以静穆的心态观照自然、观照眼前景，静则静矣，空则空矣，却总有几分理性在，透露出与人境的疏远、意绪的萧索，而缺少物我两忘、浑然一体、无挂碍的境界。

禅宗主张以"教外别传，不立文字，直指人心，见性成佛"为宗旨。不立文字是不执著于言语文字，要得意而忘言，不要执著于言语文字之上。诗思难以把握，却必须捕捉；难以言传，又必须言传，对此困境，贾岛选择以苦吟的方式来应对。贾岛苦吟所倚赖的，除了日日搜求的勤勉外，还有就是在禅宗寂然观照的方式下体认深细、刻画精深的功夫。贾岛以苦吟之功、推敲之力形成了自己诗歌的岛样特色，体现了佛教对其诗歌创作的深层影响，但也有为人所诟病的败阙，基本可以归结为自身才力的问题。

参考文献

诗集

[1][清] 彭定求《全唐诗》,中华书局 1992 年版。

[2] 王重民,孙望,童养年《全唐诗外编》,中华书局 1982 年版。

[3] 陈尚君《全唐诗补编》,中华书局 1992 年版。

[4][清] 董诰等《全唐文》,中华书局 1983 年版。

[5] 陕西省古籍整理办公室《全唐文补遗》,三秦出版社 1994—1999 年版。

[6][清] 李调元《全五代诗》,何光清点校,巴蜀书社 1992 年版。

[7] 曾昭岷,曹济平,王兆鹏,刘尊明《全唐五代词》,中华书局 1999 年版。

[8] 北大古籍整理研究所《全宋诗》,巴蜀书社 1989 年版。

[9] 傅璇琮《唐人选唐诗新编》,陕西人民教育出版社 1996 年版。

[10][宋] 杨亿等《西昆酬唱集》,王仲犖注,上海书店出版社 2001 年版。

[11][元] 方回《瀛奎律髓汇评》,李庆甲集评点校,上海古籍出版社 1986 年版。

[12][唐] 贾岛《唐贾浪仙长江集》,明仿宋刊本。

[13][唐] 贾岛《唐贾浪仙长江集》,四部丛刊初编本。

[14][唐] 姚合《姚少监诗集》(十卷),四部丛刊初编本。

[15][唐] 李频《黎岳集》，四部丛刊本。

[16][宋] 陈起《江湖小集》，四库全书本。

[17][宋] 陈起《江湖后集》，四库全书本。

[18][宋] 赵师秀《众妙集》，中华书局 1982 丛书集成初编本。

[19][清] 岳端《寒瘦集》，清康熙三十八年刻本。

[20] 李嘉言《长江集新校》，上海古籍出版社 1983 年版。

[21] 齐文榜《贾岛集校注》，人民文学出版社 2001 年版。

[22] 黄鹏《贾岛诗集笺注》，巴蜀书社 2002 年版。

[24][清] 仇兆鳌《杜少陵集详注》，中华书局 1979 版。

[25] 陈铁民《王维集校注》，中华书局 1997 年版。

[26] 佟培基《孟浩然诗集笺注》，上海古籍出版社 2000 年版。

[27] 储仲君《刘长卿诗编年笺注》，中华书局 1996 年版。

[28] 钱仲联《韩昌黎诗系年集释》，上海古籍出版社 1984 年排印本。

[29][唐] 孟郊《孟东野诗集》，华忱之校订，人民文学出版社 1984 年版。

[30][唐] 柳宗元《柳宗元集》，吴文治等校点，中华书局 1979 年版。

[31][唐] 张籍《张籍诗集》，中华书局上海编辑所 1959 年版。

[32] 尹占华《王建诗集校注》，巴蜀书社 2006 年版。

[33] 朱金城《白居易集笺校》，上海古籍出版社 1989 年版。

[34][唐] 元稹《元稹集》，冀勤点校，中华书局 1982 年版。

[35] 杨军，戈春源《马戴诗注》，上海古籍出版社 1987 年版。

[36] 周啸天，张效民《雍陶诗注》，上海古籍出版社 1988 年版。

[37] 胡才甫《方干诗选》，浙江古籍出版社 1987 年版。

[38][宋] 刘克庄《后村先生大全集》，四部丛刊本。

[39][宋] 许照、许玑等《永嘉四灵诗集》，陈增杰校点，浙江古籍出版社 1985 年版。

[40] 牛鸿恩《永嘉四灵与江湖诗派选集》，首都师范大学出版社 1993 年版。

诗话

[1] [清] 何文焕《历代诗话》(全二册)，中华书局 1981 年版。

[2] 丁福保《历代诗话续编》(全三册)，中华书局 1983 年版。

[3] 吴文治《宋诗话全编》，江苏古籍出版社 1997 年版。

[4] 吴文治《明诗话全编》，江苏古籍出版社 1997 年版。

[5] 王夫之《清诗话》，上海古籍出版社 1963 年版。

[6] 郭绍虞《清诗话续编》，富寿荪校点，上海古籍出版社 1983 年版。

[7] 周振甫《文心雕龙注释》，人民文学出版社 1981 年版。

[8] 曹旭《诗品集注》，上海古籍出版社 1994 年版。

[9] [唐] 释皎然《诗式校注》，李壮鹰校注，齐鲁书社 1986 年版。

[10][唐] 释空海《文镜秘府论校注》，王利器校注，中国社会科学出版社 1983 年版。

[11][唐] 司空图《诗品集解》，郭绍虞集解，人民文学出版社 1963 年版。

[12][宋] 严羽《沧浪诗话》，郭绍虞注，人民文学出版社 1961 年版。

[13][明] 胡震亨《唐音癸签》，上海古籍出版社 1981 年版。

[14][明] 胡应麟《诗薮》，上海古籍出版社 1979 年新 1 版。

[15][明] 许学夷《诗源辩体》，著，人民文学出版社 1987 年版。

[16][清] 王士禛《五代诗话》，人民文学出版社 1989 年版。

[17][清] 李怀民《重订中晚唐诗人主客图》，清嘉庆十七年 (1812) 刻本。

社科著作

[1] 丁鼎《牛李党争研究》，辽海出版社 1998 年版。

[2] 程千帆《唐代进士行卷与文学》，上海古籍出版社 1980 年

[3] 傅璇琮《唐代科举与文学》，陕西人民出版社 1986 年版。

[4] 王勋成《唐代铨选与文学》，中华书局 2001 年版。

[5] 傅璇琮《唐代文学编年史》，辽海出版社 1998 年版。

[6] 罗宗强《隋唐五代文学思想史》，中华书局 1999 年版。

[7] 王运熙，杨明《隋唐五代文学批评史》，上海古籍出版社 1994 年版。

[8] 郭英德《中国古典文学研究史》，中华书局 1995 年版。

[9] 张忠纲《中国新时期唐诗研究述评》，安徽大学出版社 2000 年版。

[10] 杜晓勤《隋唐五代文学研究》，北京出版社 2001 年版。

[11] 闻一多《唐诗杂论》，上海古籍出版社 1998 年版。

[12] 葛晓音《山水田园诗派研究》，辽宁大学出版社 1993 年版。

[13] 蒋寅《大历诗风》，上海古籍出版社 1992 年版。

[14] 蒋寅《大历诗人研究》，中华书局 1995 年版。

[15] 肖占鹏《韩孟诗派研究》，台北：文津出版社 1994 年版。

[16] 毕宝魁《韩孟诗派研究》，辽宁大学出版社 2000 年版。

[17] 莫砺锋《江西诗派研究》，齐鲁书社 1986 年版。

[18] 张宏生《江湖诗派研究》，中华书局 1995 年版。

[19] 张瑞君《南宋江湖派研究》，中国文联出版社 1999 年版。

[20] 邬国平《竟陵派与明代文学批评》，上海古籍出版社 2004 年版。

[21] 钱钟书《谈艺录》（补订本），中华书局 1984 年版。

[22] 施蛰存《唐诗百话》，华东师范大学出版社 2001 年第 2 版。

[23] 齐治平《唐宋诗之争概述》，岳麓书社 1984 年版。

[24] 詹福瑞《中古文学理论范畴》，河北大学出版社 1997 年版。

[25] 刘崇德《敝帚集》，河北大学出版社 2001 年版。

[26] 蒋寅《古典诗学的现代诠释》，中华书局 2003 年版。

[27] 葛晓音《汉唐文学的嬗变》，北京大学出版社 1990 年版。

[28] 陈伯海《唐诗学史稿》，河北人民出版社 2004 年版。

[29] 戴伟华《唐代使府与文学研究》，广西师范大学出版社 1998 年版。

[30] 贾晋华《唐代集会总集与诗人群研究》，北京大学出版社 2001 年版。

[31][美] 斯蒂芬·欧文《盛唐诗》，贾晋华译，黑龙江人民出版社 1992 年版。

[32] 孟二冬《中唐诗歌之开拓与新变》，北京大学出版社 1998 年版。

[33] 胡可先《中唐政治与文学——以永贞革新为研究中心》，安徽大学出版社 2000 年版。

[34] 张兴武《五代作家的人格与诗格》，人民文学出版社 2000 年版。

[35] 刘宁《唐宋之际诗歌演变研究》，北京师范大学出版社 2002 年版。

[36] 赵荣蔚《晚唐士风与诗风》，上海古籍出版社 2004 年版。

[37] 郭英德《中国古代文人集团与文学风貌》，北京师范大学出版社 1998 年版。

[38] 许总《唐诗体派论》，台北：文津出版社 1994 年版。

[39] 黄奕珍《宋代诗学中的晚唐观》，台北：文津出版社 1988 年版。

[40][英] 罗素《西方哲学史》，马元德译，商务印书馆 1982 年版。

[41] 朱光潜《西方美学史》，人民文学出版社 1979 年版。

[42] 冯友兰《中国哲学简史》，北京大学出版社 1996 年版。

[43] 胡适《中国哲学史大纲》，上海古籍出版社 1997 年版。

[44][德] 黑格尔《美学》，朱光潜译，商务印书馆 1982 年版。

[45][法] 丹纳《艺术哲学》，傅雷译，人民文学出版社 1963 年版。

[46] 朱光潜《诗论》，三联书店 1998 年版。

[47] 吴功正《唐代美学史》，陕西师范大学出版社 1999 年版。

[48] 程方平《隋唐五代的儒学》，云南教育出版社 1991 年版。

[49] 任继愈《中国道教史》(增订本)，中国社会科学出版社 2001 年版。

[50][明] 朱棣《金刚经集注》，上海古籍出版社 1984 年版。

[51][唐] 法海《坛经校释》，郭朋注，中华书局 1983 年版。

[52][宋] 赞宁《宋高僧传》，范祥雍点校，中华书局 1987 年版。

[53][宋] 普济《五灯会元》，苏渊点校，中华书局 1987 年版。

[54][日] 忽滑谷快天《中国禅学思想史》，朱谦之译，上海古籍出版社 1994 年版。

[55] 葛兆光《中国禅思想史——从 6 世纪到 9 世纪》，北京大学出版社 1995 年版。

[56] 上海古籍出版社《禅宗语录辑要》，上海古籍出版社 1992 年版。

[57] 汤用彤《隋唐佛教史稿》，中华书局 1982 年版。

[58] 陈允吉《唐音佛教辨思录》，上海古籍出版社 1988 年版。

[59] 杨曾文《唐五代禅宗史》，中国社会科学出版社 1999 年版。

[60] 吴言生《禅宗诗歌境界》，中华书局 2001 年版。

[61] 胡遂《佛教与晚唐诗》，东方出版社 2005 年版。

[62] 王树海《禅魂诗魄》，知识出版社 1999 年版。

[63] 王树海《诗禅证道——"贬官禅悦"与后期唐诗的"人造自然"风格》，新星出版社 2007 年版。

[64] 章泰笙《贾岛研究》，正中书局 1947 年版。

[65] 刘竹青《孟郊、贾岛研究》，台北：文史哲出版社 2003 年版。

[66] 张震英《寒士的低吟——贾岛诗歌艺术新探》，中国社会科学出版社

2006 年版。

[67] 齐文榜《贾岛研究》，人民文学出版社 2007 年版。

研究论文

[1] 岑仲勉《贾岛诗注与贾岛年谱》，《学原》月刊 1 卷 8 期，1947 年 12 月。

[2] 倪志倜《唐代诗人贾岛》，《新生报》8 版，1948 年 6 月 18 日。

[3] 李嘉言《为贾岛事答岑仲勉先生》，《学原》月刊 2 卷 1 期，1949 年 1 月。

[4] 岑仲勉《再答辩》，《学原》月刊 2 卷 1 期，1949 年 1 月。

[5] 李嘉言《李嘉言古典文学论文集》之《长江集新校》前言，上海古籍出版社 1987 年版。

[6] 李嘉言《李嘉言古典文学论文集》之《评〈贾岛诗注〉》，上海古籍出版社 1987 年版。

[7] 闻一多《唐诗杂论》之《贾岛》，上海古籍出版社 1998 年版。

[8] 文怀沙《贾岛与韩愈》，《文汇报》，1956 年 11 月 26 日。

[9] 刘逸生《度桑乾》，《羊城晚报》，1959 年 11 月 7 日。

[10] 蒋星煜《贾岛除夕祭诗》，《羊城晚报》，1960 年 12 月 31 日。

[11] 马南《贾岛的创作态度》，《北京晚报》，1961 年 6 月 18 日。

[12] 李嘉言《〈新校长江集〉前言》，《开封师院学报》，1962 年 3 期。

[13] 天冬《贾岛墓地确在地》，《光明日报》，1962 年 4 月 26 日。

[14] 臧克家《唐人二绝句》，《北京日报》，1979 年 1 月 11 日。

[15] 许幼珊《"推敲"与贾岛》，《包头文艺》，1979 年 1 期。

[16] 王达津《古诗杂考十一·关于贾岛》，《南开大学学报》，1979 年 2 期。

[17] 梁超然《推敲·感情——读贾岛〈题李凝幽居〉》，《广西日报》，1979 年 3 月 27 日。

[18] 一德《"推敲"诗案》，《古代文学理论研究丛刊》1 辑，1979 年 12 期。

[19] 张一平《推敲诗人——贾岛》，《河北日报》，1980 年 3 月 23 日。

[20] 顾峰《贾岛去过云南吗》，《书林》，1980 年 5 期。

[21] 姚诚《贾岛在四川的活动与遗迹》，《南充师院学报》（哲学社会科学版），1981 年 1 期。

[22] 秦克成《"推敲"诗的推敲——贾岛〈题李凝幽居〉试释》,《语文教学通讯》,1981 年 12 期。

[23] 沈熙乾《寓问于答 情景如画——贾岛〈访隐者不遇〉的艺术分析》,《名作欣赏》,1982 年 1 期。

[24] 尉履泰《〈渡桑干河〉是贾岛的作品吗——〈燕山夜话〉中〈贾岛的创作态度〉一文质疑》,《山西师院学报》(社会科学版),1982 年 3 期。

[25] 胡中行《略论贾岛在唐诗发展中的地位》,《复旦学报》(社会科学版),1983 年 3 期。

[26] 阎慰鹏《关于贾岛的"归葬"问题》,《文献》,1983 年 1 期。

[27] 燕齐《从贾岛"时时引手作推敲之势"谈起——释"时时"》,《昭乌达蒙族师专学报》(哲学社会科学版),1985 年 2 期。

[28] 马斗全《贾岛"独行潭底影,数息树边身"刍议》,《运城师专学报》,1985 年 3 期。

[29] 佟培基《贾岛诗重出甄辨》,《河南大学学报》(哲学社会科学版),1985 年 5 期。

[30] 何文通《这句诗不是贾岛所作》,《新闻知识》,1987 年 3 期。

[31] 胡可先《〈全唐诗外编〉杂考》,《贵州文史丛刊》,1987 年 3 期。

[32] 金循华《"推敲"故事真伪考》,《文学遗产》,1987 年 5 期。

[33] 周香洪《贾岛墓小考》,《四川文物》,1988 年 1 期。

[34] 许可《贾岛与姚合》,《语文学刊》,1988 年 4 期。

[35] 冈田充博《关于贾岛和孟郊的"苦吟"》,《复旦学报》(社会科学版),1989 年 4 期。

[36] 李知文《论贾岛在唐诗发展史的地位》,《文学遗产》,1989 年 5 期。

[37] 周凤章《贾岛〈早蝉〉诗系年商兑》,《学术研究》,1990 年 5 期。

[38] 王醒《贾岛苦吟诗风的形成和特色》,《晋中师专学报》,1990 年 1 期。

[39] 吕庆端《贾岛研究述评》,《青海民族学院学报》,1990 年 2 期。

[40] 房日晰《孟郊贾岛诗歌艺术比较》,《人文杂志》,1992 年 1 期。

[41] 李艺英《浅谈贾岛诗的特色及其成因》,《中国文学研究》,1992 年 2 期。

[42] 房日晰《贾岛考证二则》，《文学遗产》，1992 年 6 期。

[43] 李知文《贾岛评价质疑》，《贵州社会科学》，1993 年 2 期。

[44] 王富仁《贾岛〈寻隐者不遇〉的解构主义批评——〈旧诗新解〉（十二）》，《名作欣赏》，1993 年 2 期。

[45] 胡中行《贾岛事迹三考》，《铁道师院学报》，1994 年 2 期。

[46] 张宏生《姚贾诗派的界内流变和界外余响》，南京大学《唐代文学研究（第六辑）——中国唐代文学学会第七届年会暨唐代文学国际学术讨论会论文集》，1994 年。

[47] 黄炳麟《推敲"推敲"》，《修辞学习》，1995 年 4 期。

[48] 房日晰《读书札记二则》，《上海师范大学学报》（哲学社会科学版），1995 年 4 期。

[49] 黄德成《贾岛》，《诗刊》，1996 年 8 期。

[50][香港] 吴淑钿《贾岛诗之艺术世界》，西北大学《唐代文学研究（第七辑）——中国唐代文学学会第八届年会暨国际学术讨论会论文集》，1996 年。

[51] 许总《论贾岛、姚合诗歌的心理文化内涵及文学史意义》，《江西师范大学学报》，1997 年 1 期。

[52] 黄鹏《贾岛诗的渊源和影响》，《四川师范学院学报》（哲学社会科学版），1997 年 3 期。

[53] 李小荣《贾岛对"咸通十哲"影响之检讨》，《淮阴师专学报》，1997 年 4 期。

[54] 李小荣《亦诗亦禅两艰难——贾岛创作心态简论》，《贵州师范大学学报》(社会科学版)，1998 年 1 期。

[55] 吴在庆《李洞瓣香贾岛三论》，《中国韵文学刊》，1998 年 1 期。

[56] 杨旺生《贾岛诗风简论》，《安庆师院社会科学学报》，1998 年 2 期。

[57] 文怀沙，迟连方《贾岛·仕途——"中国风"之四》，《中文自修》，1998 年 9 期。

[58] 姜光斗《论贾岛五律的艺术特色与历史地位》，贵州大学《唐代文学研究（第八辑）——中国唐代文学学会第九届年会暨国际学术讨论会论文集》，1998 年。

[59] 齐文榜《贾岛的文学复古思想》,《河南大学学报》(社会科学版)1999 年 1 期。

[60] 姜光斗《论贾岛五律诗》,《南通师范学院学报》(哲学社会科学版),1999 年 2 期。

[61] 孙禹《境幽幽 情幽幽——贾岛〈题李凝幽居〉赏析》,《语文天地》,1999 年 15 期。

[62] 周建成《自然流畅的怀友之作——贾岛〈忆江上吴处士〉赏析》,《语文天地》,1999 年 17 期。

[63] 张文利《贾岛五律艺术特色探析》,《唐都学刊》,1999 年 4 期。

[64] 祁晓明《寒荒中的热烈 苍白中的绚丽——贾岛诗歌的艺术特色》,《古典文学知识》,1999 年 6 期。

[65] 黄鹏《言归文字外 意出有无间——论贾岛诗的艺术特色》,《四川师范学院学报》(哲学社会科学版),2000 年 1 期。

[66] 李军《孟郊贾岛诗歌比较研究》,《苏州铁道师范学院学报》(社会科学版),2000 年 1 期。

[67] 张春萍《贾岛"苦吟"创作的内涵及渊源解读》,《语文学刊》,2000 年 3 期。

[68] 胡遂《贾岛姚合诗风成因初探》,《湘潭大学学报》(社会科学版)2000 年 3 期。

[69] 杜景华《贾岛生平故里丛考》,《学术交流》,2000 年 5 期。

[70] 谢旭《谈贾岛诗风及其影响》,《咸阳师范专科学校学报》,2000 年 5 期。

[71] 蔡心妍《〈长江集〉版本源流》,《广西师范大学学报》(哲学社会科学版),2000 年 2 期。

[72] 张文利《贾岛诗选择物象的特点》,《西北大学学报》(哲学社会科学版),2001 年 1 期。

[73] 王定国《也谈"推敲"二字的意境——兼与孙绍义老师商榷》,《中学语文》,2001 年 7 期。

[74] 张文利《贾岛诗风及其构建艺术》,《固原师专学报》,2002 年 1 期。

[75] 姜剑云《论唐代怪奇诗派偏善独至的艺术品格》,中国唐代文学学

会、西南师范大学中文系《唐代文学研究（第十辑）——中国唐代文学学会第十一届年会暨国际学术讨论会论文集》，2002 年。

[76] 陈耀东《贾岛亦善文乎——贾岛佚文和佚文目辑录》，《中国典籍与文化》，2002 年 2 期。

[77] 张春萍《晚唐"贾岛现象"探析》，《哈尔滨学院学报》（社会科学），2002 年 7 期。

[78] 罗琴，胡问涛《贾岛的籍贯、墓地考》，《西南民族学院学报》（哲学社会科学版），2002 年 8 期。

[79] 王明先《推敲无痕 缜密自然——贾岛〈暮过山村〉赏析》，《语文天地》，2002 年 20 期。

[80] 陈述爵《贾岛"冲节"真伪辨》，《文史杂志》，2002 年 6 期。

[81] 许外芳《诗运落魄的苦吟者——贾岛诗歌风格新论》，《天津社会科学》，2003 年 1 期。

[82] 冯亚丽《贾岛诗歌用韵考》，《长春工业大学学报》（社会科学版），2003 年 3 期。

[83] 陈海丽《贾岛送别诗的艺术研究》，《邢台职业技术学院学报》，2003 年 4 期。

[84] 余霞《贾岛诗歌特色及其原因初探》，《昭通师范高等专科学校学报》，2003 年 4 期。

[85] 孙鸿亮《贾岛现象与"晚唐体"》，《陕西师范大学学报》（哲学社会科学版），2003 年 6 期。

[86] 李世前，渠占海《杜甫与贾岛炼字艺术比较谈》，《湖南工程学院学报》（社会科学版），2003 年 4 期。

[87] 陈海丽《贾岛送别诗的艺术特色研究》，《长安大学学报》（社会科学版），2003 年 4 期。

[88] 喻芳《从寒士精神到隐逸情怀——晚唐五代学贾岛一派诗人思想境况的变迁》，《成都理工大学学报》（社会科学版），2004 年 1 期。

[89] 张震英《愿为出海月 不作归山云——论贾岛的用世之心》，《广西社会科学》，2004 年 4 期。

[90] 王斌《藏问于答 词约意丰——说贾岛〈寻隐者不遇〉》，《中学语文

园地》，2004 年 11 期。

[91] 王丽敏《贾岛诗歌意象意蕴初探》，《昌吉学院学报》，2004 年 2 期。

[92] 尹占华《唐诗人考辨五则》，《中国典籍与文化》，2004 年 2 期。

[93] 郑晓霞《唐代文化研究中的一个有趣问题——浅议贾岛的"由贬而仕"》，《太原理工大学学报》(社会科学版)，2004 年 2 期。

[94] 张震英《苦拟修文卷，重擎献匠人——论贾岛的献纳之作》，《社会科学家》，2004 年 4 期。

[95] 张震英《贾岛与蝉——兼评苏轼与严羽的相关论点》，《西南民族大学学报》(人文社科版)，2004 年 9 期。

[96] 张虹《尘缘未绝说贾岛》，《连云港职业技术学院学报》（综合版），2004 年 3 期。

[97] 宋先红《"苦向丛林觅小诗"——"贾岛现象"的背后》，《湖北广播电视大学学报》，2004 年 5 期。

[98] 齐文榜《贾岛家世新考》，《湛江海洋大学学报》，2004 年 5 期。

[99] 张清华《贾岛诗地名"石楼"考辨——兼辨韩愈、贾岛交往》，中国唐代文学学会、华南师范大学《唐代文学研究（第十一辑）——中国唐代文学学会第十二届年会暨国际学术研讨会论文集》，2004 年。

[100] 邓立勋《论贾岛与唐末清苦诗风》，《船山学刊》，2004 年 4 期。

[101] 刘春霞，辛华东《贾岛"苦吟"诗的思想文化精神》，《安康师专学报》，2004 年 6 期。

[102] 周蓉《唐末诗坛的追慕之风及其评价——以"贾岛格"诗人为例》，《西北师大学报》（社会科学版），2004 年 6 期。

[103] 张震英《二十年贾岛研究述评》，《广西师范学院学报》，2005 年 1 期。

[104] 陈文忠《唐人"寻隐"之冠走向现代之路——兼谈唐人"寻隐"诗》，《安徽师范大学学报》（人文社会科学版），2005 年 2 期。

[105] 喻芳《清风荡漾——贾岛诗歌清之风韵及其在晚唐、五代、宋初的回响》，《乐山师范学院学报》，2005 年 3 期。

[106] 张震英《不拘成法 别开生面——论贾岛五律的对仗艺术》，《广西社会科学》，2005 年 6 期。

[107] 李娟《刻意造平淡：贾岛诗风综论》,《浙江工业大学学报》(社会科学版), 2005 年 1 期。

[108] 赵玉琦《〈寻隐者不遇〉辨疑》,《福建论坛》(人文社会科学版), 2005 年 1 期。

[109] 应荣《贾岛苦吟》,《语文之友》, 2005 年 4 期。

[110] 张鹤《楚辞和贾岛的诗歌创作》,《贵州文史丛刊》, 2005 年 3 期。

[111] 李娟《贾岛审美心理新探：逆反与内敛》,《石油大学学报》(社会科学版), 2005 年 4 期。

[112] 张震英《论贾岛诗歌的"盛唐气格"》,《文学遗产》, 2005 年 6 期。

[113] 余霞, 黄艳红《宋前贾岛接受的选本研究》,《湘潭师范学院学报》(社会科学版), 2005 年 6 期。

[114] 屈伟华《从五律用韵看贾岛学杜的特征》,《陕西师范大学继续教育学报》, 2005 年 1 期。

[115] 张震英《论姚合、贾岛对唐诗山水田园审美主题的新变》,《文艺研究》, 2006 年 1 期。

[116] 张震英《论贾岛诗歌的艺术渊源》,《学术论坛》, 2006 年 1 期。

[117] 江瑛《贾岛诗歌精约风格论》,《钦州师范高等专科学校学报》, 2006 年 1 期。

[118] 李英姿《贾岛苦吟诗探微》,《辽宁师专学报》(社会科学版), 2006 年 1 期。

[119] 刘二刚《贾岛推敲》,《雨花》, 2006 年 4 期。

[120] 宋立英《论贾岛、姚合的时代归属》,《学术交流》, 2006 年 4 期。

[121] 江瑛《江西诗派与贾岛诗承传关系新论》,《社会科学论坛》, 2006 年 4 期。

[122] 童瑜《探因"贾岛现象"》,《江淮论坛》, 2006 年 2 期。

[123] 马建东《"推敲"：贾岛本性的迷失》,《西北师大学报》(社会科学版), 2006 年 3 期。

[124] 白爱平《贾岛为僧及还俗时间地点考》,《唐都学刊》, 2006 年 3 期。

[125] 陈妍《"虫吟草间"再审视——论贾岛诗歌中的生命体悟》,《西安电子科技大学学报》(社会科学版), 2006 年 3 期。

[126] 白爱平《姚合贾岛诗歌的共时接受》,《宁夏大学学报》(人文社会科学版),2006 年 3 期。

[127] 王树海,柳东林《"衲子"未得衲子心　欲矫"浮艳"落"苦""僻"——贾岛入出佛门的尘俗遭际及其诗风的成型》,《吉林大学社会科学学报》, 2006 年 4 期。

[128] 江瑛《贾岛诗与竟陵派源流新探》,《成都理工大学学报》(社会科学版),2006 年 3 期。

[129] 张震英《论贾岛诗歌的"僧衲气"》,《文学遗产》,2006 年 6 期。

[130] 潘光勋《贾岛、陈师道瘦硬诗风管窥》,《辽宁广播电视大学学报》, 2006 年 4 期。

[131] 沈建华《"郊寒岛瘦"辩析》,《扬州工业职业技术学院学报》,2007 年 1 期。

[132] 马建东《"推敲":中国文人本性的迷失》,《天水师范学院学报》, 2007 年 3 期。

[133] 张震英《论贾岛诗歌之"奇僻"及其在诗歌美学史中的意义》,《东方丛刊》2007 年 2 辑,总第六十辑。

[134] 袁晓薇《从王维到贾岛:元和后期诗学旨趣的转变和清淡诗风的发展》,《中国韵文学刊》,2007 年 2 期。

[135] 沈建华《"郊寒岛瘦"辩析》,《江南大学学报(人文社会科学版)》,2007 年 3 期。

[136] 李江峰《唐五代诗格南北宗理论探析——以王昌龄〈诗格〉和贾岛〈二南密旨〉为中心》,《长江学术》,2007 年 3 期。

[137] 柳东林,王树海《贾岛诗风与佛禅思想》,《古籍整理研究学刊》, 2007 年 4 期。

[138] 周星林《诗歌拯救诗人——浅谈孟郊贾岛等苦吟派诗人诗歌创作兼谈中晚唐诗风的转变》,《社会科学家》,2007 年 2 期。

[139] 康巧莲,赵建军《试论贾岛古体诗对孟郊诗歌的继承》,《阴山学刊》,2007 年 6 期。

[140] 杜丽萍《试论贾岛的人生道路选择》,《四川职业技术学院学报》, 2008 年 1 期。

[141] 江瑛《论贾岛诗与"同光体"》,《毕节学院学报》, 2008 年 1 期。

[142] 沈勇,梁钦《贾岛为代表的"苦吟派"诗歌研析》,《教育前沿》(综合版), 2008 年 4 期。

[143] 董榜《两误贾岛》,《咬文嚼字》, 2008 年 5 期。

[144] 张震英《贾岛坐飞谤责授事迹考辨》,《学术论坛》, 2008 年 5 期。

[145] 李涛《神龙无首也无尾 —— 贾岛〈寻隐者不遇〉》,《中学语文》, 2008 年 15 期。

[146] 江瑛《"奇出日恢今,高攀不输古" —— 论"同光体"与贾岛诗》,《宜宾学院学报》, 2008 年 5 期。

[147] 李艺《中晚唐诗风的变化与贾岛诗歌创作》,《名作欣赏》, 2008 年 12 期。

[148] 陈祖美《关于贾岛其人其作别解四则》,《文学评论》, 2008 年 4 期。

[149] 郭中周《浅论贾岛与陈师道五律诗风异同》,《华商》, 2008 年 15 期。

[150] 詹福瑞《寒士精神的诗意解读——张震英教授〈寒士的低吟:贾岛诗歌艺术新探〉评介》,《西南大学学报》(社会科学版), 2008 年 5 期。

[151] 蒋寅《贾岛与中晚唐诗歌的意象化进程》,《文学遗产》, 2008 年 5 期。

[152] 杜丽萍《试论贾岛的人生道路选择》,《中国石油大学学报》(社会科学版), 2008 年 5 期。

[153] 任文京《孟郊、贾岛经济状况对其创作的影响》,《河北学刊》, 2008 年 6 期。

[154] 李海龙《徘徊在"推"与"敲"之间——从贾岛诗作析其人生中的多对矛盾冲突》,《经济研究导刊》, 2008 年 17 期。

[155] 孙俊姝《潘阆对晚唐诗人的继承和开拓》,《现代语文》(文学研究版)2009 年 2 期。

[156] 王腊梅《从李怀民看"中晚唐诗以张籍贾岛两派为主"说的始末》,《图书馆杂志》, 2009 年 2 期。

[157] 李涛《贾岛〈寻隐者不遇〉赏析》,《中学语文》, 2009 年 6 期。

[158] 陈小亮《贾岛五律与佛教戒律的类比之误:以宇文所安的晚唐诗研

究为例》,《浙江学刊》,2009 年 2 期。

[159] 张震英《论姚合在姚贾诗派中的领袖地位——兼析贾岛未能成为领袖的原因》,《广西社会科学》,2009 年 6 期。

[160] 赵平平《浅议孟郊与贾岛诗歌比较》,《现代语文》（文学研究版），2009 年 9 期。

[161] 白爱平《姚合贾岛五言律诗的体式特征》,《唐都学刊》,2009 年 5 期。

[162] 江瑛《贾岛山水诗定量分析》,《荆楚理工学院学报》,2009 年 10 期。

[163] 静永健，刘维治《贾岛"推敲"考》,《南阳师范学院学报》,2010 年 1 期。

[164] 杨茉《贾岛"苦吟"之外的诗世界——思想情感多样性》,《边疆经济与文化》,2010 年 2 期。

[165] 万露《苦吟与诗歌的陌生化效应——论孟郊、贾岛诗》,《乐山师范学院学报》,2010 年 2 期。

[166] 黎忠稳《浅析贾岛题壁诗的艺术特色》,《语文学刊》,2010 年 4 期。

[167] 赵目珍《贾岛寓居青龙寺法乾寺考》,《文学教育》（上），2010 年 5 期。

[168] 余霞《贾岛哲学思想新探》,《甘肃联合大学学报》（社会科学版），2010 年 3 期。

[169] 杜松柏《贾岛题壁诗简论》,《广西社会科学》,2010 年 7 期。

[170] 余霞《"足踏圣人路，貌端禅士形"——贾岛思想新论》,《云南民族大学学报》（哲学社会科学版），2010 年 5 期。

[171] 宋立英《论竟陵派与贾岛、姚合之关系》,《兰州学刊》,2010 年 11 期。

[172] 杜宏春，周敏，张素梅《论贾岛诗的人文精神》,《哈尔滨学院学报》,2010 年 11 期。

[173] 寇涛《谈"贾岛时代"》,《青年作家》(中外文艺版),2010 年 12 期。

[174] 吕婷《马戴与盛唐诗及贾岛诗之离合考论》,《贵州民族学院学报》（哲学社会科学版），2010 年 6 期。

[175] 薛美霞《论"岛瘦"及其成因》,《传奇.传记文学选刊》(理论研究),2011 年 3 期。

[176] 程校花《从〈瀛奎律髓〉看方回对贾岛的批评》,《安康学院学报》,《2011 年 2 期。

[177] 王景凤《近二十年姚贾诗派研究综述》,《山东广播电视大学学报》,2011 年 3 期。

[178] 李小荣《贾岛佛教诗研究二题》,《湖南科技学院学报》,2011 年 9 期。

[179] 吴章燕,王晚霞《八指头陀对贾岛诗歌艺术风格之继承》,《文学界》(理论版),2011 年 9 期。

[180] 王宏林《论方回〈瀛奎律髓〉对贾岛的独特定位》,《文艺理论研究》,2011 年 5 期。

[181] 陈妍《论贾岛诗歌中的生命体悟》,《文学教育》(中),2011 年 10 期。

[182] 曹柯新《苦涩而执著的吟唱——论贾岛的咏物诗》,《长城》,2011 年 10 期。

[183] 王鹿《方回"晚唐体"观再审视——兼疑钱钟书先生的"融合两派"说》,《哈尔滨学院学报》,2011 年 10 期。

[184] 张震英《姚贾优劣论——兼谈方回"姚合学贾岛为诗"说》,《学术论坛》,2012 年 3 期。

[185] 郭春林《从怪变至平淡:贾岛诗风变迁的诗史意义》,《南昌大学学报》(人文社会科学版),2012 年 2 期。

[186] 范维胜《凝视残雪下的寒寂人生——贾岛诗《雪晴晚望》赏读》,《湖北招生考试》,2012 年 11 期。

[187] 胡翠琴《贾岛诗歌特色探析》,《现代企业教育》,2012 年 11 期。

[188] 余霞《再论晚唐五代贾岛接受的必然性》,《湖北文理学院学报》,2012 年 10 期。

[189] 李爽《论诗人贾岛的隐逸特性》,《剑南文学》(经典教苑),2012 年 10 期。

[190] 韦依娜《试论贾岛的"苦吟"与创作心态》,《作家》,2012 年 22 期。

[191] 丁启阵《贾岛：生前憋屈，死后伟大》，《文史知识》，2012 年 12 期。

[192] 涂承日《论贾岛"奇僻"诗风的多元成因》，《学术交流》，2013 年 1 期。

[193] 鲜玉坤《贾岛诗歌的释子之心与儒者情怀》，《宜宾学院学报》，2013 年 1 期。

[194] 益西拉姆《贾岛之诗人形象：在虚与实之间》，《中华文史论丛》，2013 年 1 期。

[195] 郝世峰，余才林《由怪奇入于平淡 —— 论贾岛诗风》，《文学与文化》，2013 年 2 期。

[196] 徐欣婕《试论贾岛苦寒诗风成》，《景德镇高专学报》，2013 年 3 期。

[197] 姜寿田《贾岛诗一首》，《晋中学院学报》，2013 年 5 期。

[198] 刘应全《试论贾岛诗歌的隐逸意象》，《思想战线》，2013 年 2 期。

[199] 邓桂姣《贾岛诗歌的时空体验与生命意识》，《求索》，2013 年 12 期。

[200] 涂承日《从尚"奇"看贾岛对杜甫诗风的接受》，《中国韵文学刊》，2014 年 1 期。

[201] 高晶《贾岛诗中的禅味》，《安徽文学》（下半月），2014 年 1 期。

[202] 杨云华《闻一多唐诗个案批评模式浅说》，《云南社会主义学院学报》，2014 年 3 期。

[203] 胡海燕《杜荀鹤苦吟诗与贾岛苦吟诗之异同》，《文学教育》（上），2014 年 6 期。

[204] 时旭《浅论贾岛诗歌的禅悦观照》，《长春教育学院学报》，2014 年 13 期。

[205] 胡大浚《诗人贾岛与诗僧无本》，《中国典籍与文化》，2014 年 3 期。

[206] 高明峰，王诗瑶《试析贾岛"推敲"一事真伪及缘由》，《吉林师范大学学报》(人文社会科学版)，2014 年 5 期。

[207] 吴延生《贾岛〈渡桑干〉的思乡抒情艺术》，《文学教育》（上），2014 年 12 期。